청춘일 때는 단풍 들지 않는다

청춘일 때는 단풍 들지 않는다

권우열 수필집

푸른문학

다. 그러면서 주변을 구경하기도 하고 어느 전망 좋은 곳에서 쉬어가기도 한다. 그렇다면 마음의 건강을 위해서는 무엇을 하고 있는가. 나는 마음속에서도 산책이 필요하다고 본다. 마음속 산책이라는 것은 잠시 회상에 잠기거나 추억에 젖어 보는 것이라 생각한다.

여기 내가 쓴 산문들은 삶의 휴식시간마다 모은 생生의 조각들이다. 내 산문을 읽는 동안만큼이라도 이 빛의 속도로 변화하는 시대에 삶의 속도를 늦추면서 짧으나마 당신에게 삶을 되돌아보는 휴식 시간을 가져다주었으면 하는 바람이다.

여러 해 전부터 산문집을 출간한다고 큰소리쳤지만 그게 쉽지 않았다. 책을 쓰는 동안 따뜻한 마음으로 응원해 준 안사람, 이정, 율성이와 제일 먼저 이 기쁨을 함께하고 싶다. 그리고 그동안 격려를 아끼지 않은 친구들에게도 고마움을 표한다. 아울러 이 책이 나오기까지 편집과 교정에 많은 도움을 주신 북향 김이식 사장님과 푸른영토 김왕기 사장님께 진심으로 감사드린다.

2019년 단풍지는 가을 날,
권우열

● 차례

마음속에 여울졌던 그 울음, 그 소리

산이 전하는 것은

쏜살같은 세월의 저편에는

삶이 짙어질수록 그리움도 짙어지고

생生과 인연 그리고 길

꽃, 잎, 열매 그리고 낙엽

분꽃에 맺힌 새벽이슬

새벽은 하루를 여는 관문이다. 밝은 기를 응축하고 있다. 상쾌하며 번잡스럽지 않다. 모든 사물이 고요 속에 꿈틀거릴 때다. 새벽이 오면 어둠은 꽁무니를 내린다. 소리 없이 물러간다. 어둠이 물러나면 그 속에 숨어있던 음험하고 실체를 드러내지 않던 모든 것들이 소멸한다. 새벽은 매일 반복되지만, 새벽은 언제나 새롭게 다가온다.

유년시절 아버지는 첫차를 타기 위해 새벽에 자주 국밥을 드셨다. 그 숟가락 소리를 듣고, 먹고 싶은 마음에 눈 비비며 일어나 세수하러 가곤 했다. 장독대 옆 분꽃 잎에는 이슬이 맺혀 반짝이고 분홍색 분꽃과 어울려서 연분홍빛 이슬은 명징하였다. 그래서 그 새벽은 더욱 찬란했다.

새벽은 이슬을 동반한다. 이슬은 새벽에 정결한 기운이 대지로부터 뿜어져 나온 응결된 결정체나 다름없다. 서리가 내리기 전까지 이른 아침 이슬은 순수하고 투명한 기운을 전해 준다.

새벽이슬은 해가 뜨면 사라진다. 햇살과 만나는 그 순간에 가장 빛난다. 이슬방울은 대지의 정령精靈이 만들어 놓은 수정 구슬이라 해도 과하지 않다. 그 모습은 투명하고 눈부시다. 새벽이슬을 도회지에서는 잘 구경 할 수가 없다. 장소적, 시간적 제한을 안고 있다. 이슬은 아무 곳 아무 시간에 볼 수 있는 것이 아니라서 보배스런 존재임이 틀림없다.

누군가가 이슬을 매일 접해야 하는 입장이라면, 그는 이슬에 대한 관점을 달리할 수 있다. 이슬을 귀찮게 여길 수도 있을 것이다. 그런 사람에게 이슬을 두고 시적이라거나 낭만적이라거나 하는 말은 어쩌다 그것을 대하는 사람들의 호사로밖에 볼 수 없다는 얘기가 된다.

어떤 사람에게는 새벽이슬에 젖는 일이 내키지 않을 수 있지만 어릴 적 아침이슬에 젖었던 일은 아련한 기억으로 남아 있다. 여름날 아침 일찍 밤새 두더지가 논두렁에 구멍을 내지 않았는지 살피려 가야 할 때 바짓가랑이엔 이슬 적실 각오를 해야 했다. 발이 이슬에 젖지 않도록 장화를 신고 가면 되지만 발에 땀이 나 편치 않았다. 게다가 장화는 고무신 보다 투박하여 논두렁을 걷기에도 거북하였다. 고무신은 경우에 따라 벗어버리고 맨발로 활동할 수 있는 이점이 있다. 그래서 새벽이슬이 많은 여름에 논두렁을 둘러보러 갈 때에는 고무신이 제격이었다.

일찍이 소 먹일 꼴을 베러 갈 때에도 아침 이슬에 발을 적셔야 했다. 풀과 이슬로 뒤범벅이 된 손을 몇 번씩이나 털어내야 했고 눈에 티끌이라도 튀게 될 경우 뜬눈으로 밤을 보낸 사람처럼 벌겋게 충혈된 채 돌아와야 했다.

이슬에 젖는 일이 처음에는 망설여졌지만, 막상 젖고 나면 뿌듯하고 개운했다. 남들보다 먼저 새벽이슬이 있는 아침을 맞이했다는 느낌이 그날 하루를 기분 좋게 했다. 이 세상에서 제일 맑고 깨끗한 수정 엑기스가 하루를 여는 여명부터 자신의 몸속으로 흡수되었다고 생각을 해 보면 수긍이 가리라 생각한다.

고교 졸업 이후로는 맑디맑은 새벽이슬에 직접 젖어보려고 애를 써보았지만 좀처럼 그 경험을 갖지 못했다. 새벽이슬의 촉촉하고 시원한 느낌을 맛보려면 남보다 먼저 일어나는 시골생활을 해야 한다. 그러나 그러지 못했다. 그런 일은 시골이나 교외에서 전원생활을 하면서 새벽을 여는 사람들의 몫으로 돌려야 할 것 같다.

이슬은 흔들려도, 바람이 불어도, 날이 뜨거워도, 위치가 높아도 맺히지 않는다. 사람도 어쩌면 투명한 이슬을 맺지 못하는 것은 세상사에 흔들리고, 가슴속에 바람이 불고, 마음이 욕망으로 뜨겁고, 높은 지위만을 추구하려 해서 그런 것인지도 모르겠다.

개
망
초
피
는
사
연

오뉴월이 되면 묵은 집터, 묵혀서 오래된 밭과 논 그리고 마을 어귀 공터엔 씨를 뿌리지 않았어도 온통 새하얀 꽃들이 꽃밭을 이룬다. 그 꽃들은 흰 들국화를 닮았다. 메밀밭의 메밀꽃 못지않게 난만하게 핀다. 어려서부터 고향 마을 주변에서 그 꽃들을 많이 봐왔던 터라 그무리 지어 피어있는 모습을 보더라도 새삼스럽게 느껴지지 않았다. 그저 생명력이 강한 야생화 하나쯤으로 기억하고 있을 뿐이다. 주위에 너무 흔하다 보니 그 이름이 무엇인지 모르고 지냈다. 알아보고 싶지도 않았다.

어른들도 그 꽃들에 관심이 없었다. 놀려 둔 밭에는 고구마를 심거나 가을 김장 무와 배추를 심기 위하여 그것들을 없앴다. 조금이라도 아까워하거나, 제거하는 데 주저하지 않았다. 이렇게 어른들이 무관심하게 된 것은 그 꽃이 흔해서 그런 것인지 아니면 삶이 바빠서 그런 것인지 알 수가 없었다.

그 꽃들은 예전보다 주변에 지천으로 피어나서 눈에 자주 띈다. 이런 현상이 지구 온난화 영향일까 싶기도 하다. 조금만 눈을 돌리면 도회지 공사장 빈터나 도로변에서도, 시골의 논이나 밭둑에서도 어김없이 이 꽃들을 볼 수 있다.

이 꽃들은 유난스레 집단적으로 핀다. 조그만 빈터만 있어도 군락을 이루면서 핀다. 그 연유와 그 이름이 궁금해지기 시작했다. 이 꽃들이 자기네들을 무시하거나 예뻐해 주지 않으니까 무언의 시위를 하는 것일까. 아니면 이들에게 다른 사연이라도 숨어 있는 것일까.

과거에 이즈음이면 바쁜 농사철이다. 사람들은 모내기를 끝내고 뜬 모를 잡거나 심어놓은 고구마밭을 돌봐야 했다. 부모님도 일에 열중하다 자주 늦게 집에 돌아오셨다. 부모님 마중을 가다가도 동네 머리에 하얗게 핀 한 무더기 이 꽃을 보면서 부모님을 기다리곤 하였다. 해질 무렵이면 이 가녀린 꽃이 저녁노을과 어우러져 색다른 풍경을 자아내었다. 그 모습을 물끄러미 쳐다보다 보면 그 꽃들이 어둠 속으로 빨려 들어가는 듯하였다. 멋진 분위기에 심취한 나머지 부모님이 귀가하시는 것을 모르는 경우도 있었다.

부모님은 한 치의 땅이라도 가만두지 않으셨다. 그 치열함이 떠나자 다름 아닌 개망초가 그 빈자리를 채우고 있다. 우리나라 언덕과 들에서 피고 지는 그 꽃은 토종이 아니다. 어떤 경로로 유입되었는지 알 수 없다. 어느 외국 수입물에 묻어 들어왔을 터이다.

다행인지 모르지만, 이 개망초가 귀찮은 존재는 아닌 듯하다. 그것들은 나물로도 먹을 수 있다. 자라면서도 뿌리를 깊게 내리지 않는다. 그래서 이것들을 논밭에서 뽑아내는데 그리 수고롭지 않다. 부모님은 어쩌면 저 환하게 웃고 있는 꽃들을 부지불식간에라도 볼 수 있었기 때문에 농사일이 덜 힘들어했을 지도 모른다.

  어느 발길 끊긴 고향 마을 텃밭엔 개망초가 피어 있다. 지나가는 이들에게 무언가를 전하려고 앞다투어 고개 내밀고 하소연하고 있는 듯하다. 굳은살 박힌 채 저들을 제거하려 애썼던 손길이 멈춘 지 오래다. 그 틈을 타서 무성하게 자리 잡고 있다. 한 뼘 남짓한 땅이라도 곡식이나 채소를 심어 키우기 위해 무던히도 땀 흘렸던 한 시절이 흘러갔다. 희멀건 개망초를 바라보고 있노라니 뜻 모를 허허로움이 마음속 깊은 곳까지 무성하게 뿌리를 내린다.

않다가, 열매라도 하나 열리면 뚝 따서 가지고 갔다. 호박의 삶은 홀대 받는 것이나 마찬가지였다.

호박 꽃은 그늘도 없는 논 밭 가에 불볕더위를 온몸으로 받으면서 핀다. 아무리 뜨거워도 활짝 핀다.

한때 이 꽃이 멋없다고 비웃는 유행어가 나돌기도 했다. 어머니들의 사랑을 받아왔는데도 인정받지 못하는 신세이기도 한 꽃이다. 향기가 별로여서 그랬을까 아니면 너무 크고 헤퍼 보여서 그랬을까.

호박은 힘든 날을 잘 견디며 고된 삶을 살다간 시골 아낙네와 같다. 촌티가 나서 볼품이 없어도, 땀 냄새 배어 향긋한 향기가 없어도, 얼굴이 타서 화장발이 듣지 않아도, 그것을 묵묵히 받아들이면서 억척스런 삶을 살다간 우리 어머니와 무엇이 다르랴.

'세상을 태워 버릴 것 같은 불볕
살도 데일 것 같은 더위
무엇이라도 붙들어야 살아남는 덩굴 인생
연약한 나팔꽃은 지레 꽃잎 움츠리며

나무 그늘로 피했고
능소화는 더위 먹어 홍조를 띤 채
담장 곁으로 피했다
하늘과 땅의 독한 열기 고통스러워도
가을 생각하며 가녀린 손 더욱 내밀어
모진 생生을 위해 몸부림친다.'
ㅡ여름날 호박

우연히 후미진 논두렁에 핀 맨드라미를 발견하였다. 담 밑에 있어야 할 맨드라미가 논두렁에 있다 보니 폼도 나지 않거니와 낯설게 보였다. 어떻게 해서 거기에서 자라게 되었는지 알 길이 없었다. 외롭게 그렇지만 꿋꿋하게 무언을 간직한 채 피어 있었다. 반갑기도 하였고 측은한 마음도 들었다.

맨드라미는 봉숭아와 함께 집 울타리 밑에서 이 세상에 태어난 내가 맨 먼저 접한 꽃이기도 하다. 어릴 적 손

수 만든 아담한 화단의 첫 식구도 채송화, 나팔꽃, 봉숭아
와 더불어 맨드라미였다. 흙담, 돌담, 마을 길 언저리 등
엔 어김없이 맨드라미와 봉숭아가 자라고 있었다. 돌보
지 않아도 씨가 떨어져 해마다 피고 지기를 반복했다.

맨드라미는 빨간색이 인상적이다. 여름부터 가을까지
피는데 청록색 이파리와 대비되어 더욱 붉게 보인다. 청
록색의 보색이 빨간색이기 때문이다.

맨드라미는 꽃 모양도 색다르다. 꽃잎이 뚜렷한 여느
꽃들과는 다르게 꽃잎이 없는 것처럼 보인다. 닭 볏을 닮
아 계관화라고도 하며 수탉 볏을 닮아 강직한 분위기를
풍긴다. 전해지는 이야기에 어느 충성스런 장군이 죽었
는데 그 자리에 생긴 꽃이 맨드라미란다. 그 죽은 장군의
충성심과 기개가 빨간 닭 볏을 닮은 꽃으로 피어났다고
한다.

맨드라미는 이름도 독특하다. 꽃이 맨들맨들하여서
맨드라미인지, 꽃들의 잔치에서 '맨날 들러리'만 서게 되
어 맨드라미라고 불리게 되었는지 호기심이 들게 한다.
윤이 반지르르하게 난 모양새는 척박한 땅일지라도 끈

질긴 삶을 꾸려온 농부들의 소박하고도 강인한 생명력을 닮았다.

'맨드라미 피고 지고 몇몇 해던가~'라는 어느 가요 가사처럼 이 꽃은 가꾸지 않아도 해마다 동네 담 밑이나 어귀에 피어나서 서리가 내리면 시들었다. 몇 년 동안 피고 지기를 거듭했는지 헤아리는 사람도 없었다. 거름을 주는 사람도 없었다. 좋게 말하면 숱한 역경을 스스로 슬기롭게 극복한 억척스런 꽃이요, 나쁘게 말하면 제대로 대접을 받지 못한 꽃이다.

토종 맨드라미가 우리 곁에서 사라지거나 빌려나고 있다. 시골 마을은 물론 아파트나 학교 꽃밭에서 찾기 힘들어졌다. 서양 꽃들은 화단에서 과분한 대우를 누리고 있다. 맨드라미는 누구 하나 관심조차 갖지 않는 처량한 신세가 되어버렸다.

어느 봄날 병아리가 맨드라미 잎을 부리로 쪼아 먹었다가 맛이 써서 얼른 뱉어내기도 했다. 여름날 어미 소를 따라가던 송아지가 맨드라미 꽃이 너무 신기해서 유심히 쳐다보다가, 어미 소가 '음메' 하자 어미 소를 부리나케 쫓아가기도 했다. 강아지들이 더위를 피해서 이 맨드라미에 기댄 채 졸기도 했다. 가을 달 밝은 밤에는 동네 아이들이 밤늦게까지 술래잡기하다가 꽃이 진 맨드라미 옆을 행여 밟을까 봐 조심스럽게 지나가곤 했다.

그 논두렁 맨드라미는 돌담 밑에서 부모형제들과 함께 단란하게 지냈던 시절을 꿈꾸고 있을지도 모른다. 다시금 동네 아이들이 지나다니면서 예쁘다고 어루만져 주고, 강아지와 송아지도 호기심 어린 눈길을 주던 그런 꿈을 꾸면서.

나를 보세요!

아니에요, 나도 봐 주세요!

나도, 나도~

　들길 가에 한 무더기 코스모스가 피어 있다. 꽃송이들
이 앞다퉈 자신들을 봐달라고 아우성이다. 해맑은 모습
으로 가녀린 몸매를 한껏 곧추세운 채 가을바람에 하늘
거리면서 몸짓한다. 가을의 향연을 위해 무던히도 몸 관
리를 해온 모양이다. 군살이 하나도 없고 날씬한 자태, 지

나는 바람마저도 시샘한다.

코스모스는 그 꽃 빛깔이 파스텔 톤이라서 예쁘다. 원래 짙은 원색이었는데 하루 내 불어오는 선선한 바람 때문에 색이 바랜 듯하다. 꽃자루는 여름보다 길어진 밤의 적막 때문에 외로움을 많이 타서 가늘어진 것 같기도 하다. 마치 밝은 색의 원피스를 입은, 수줍음 많이 타는 아가씨가 때마침 불어오는 갈바람에 치맛자락을 살랑거린다. 가없이 푸른 가을 하늘을 향해 한없이 밝은 웃음을 짓는 듯하다. 그래서인지 코스모스가 더욱 사랑스럽게 보인다.

코스모스 일부 품종은 여름부터 피는 것도 있지만, 코스모스 대부분은 가을 들어 핀다. 봄, 여름, 가을, 겨울 중에서 꽃 피는 시기를 왜 가을로 택했을까. 꽃을 피우기에는 사철 중 봄철이 좋을 텐데. 남모르는 깊은 애수에 젖은 나머지 철을 놓친 것은 아닐까. 많은 초본 식물과 나무들은 봄, 여름에 꽃을 피웠다. 가을은 그것들이 열매나 씨앗 만들기에 분주한 철이 아니던가.

낮의 길이가 눈에 띄게 짧아지면 코스모스의 시름이 깊어지는 계절이다. 요즘 코스모스 꽃길 보기가 힘들어졌다. 빛바랜 지난 가을날의 추억과 우수에 가득 찬 마음에서 벗어나 잠시나마 코스모스를 벗 삼아 사색할 수 있었던 시골 길이 그리워진다.

갈
대

갈
대

육지와 바다가 맞닿은 곳. 뭍에 사는 동물과 바다에 사는 동물 대다수가 내켜 하지 않는 곳. 갈매기들만이 끼룩거리며 하늘을 나는 곳. 낮에는 그늘도 없어 강렬한 햇볕이 그대로 내리쬐고 밤에는 달빛마저 바닷물에 흡수되어 거무스레한 곳. 육지에서 부는 바람과 바다에서 부는 바람을 운명처럼 맞이하는 곳. 그곳에 경계의 삶을 살아가는 갈대가 있다.

갈대는 억새, 달뿌리풀과 같이 볏과 식물에 속한다. 벼

는 물을 좋아한다. 그 속성을 지녀서인지 바닷물도 물인
지라 갈대가 해변을 택하였을까. 억새는 산등성이나 언
덕에, 달뿌리풀은 냇가나 강변에 자리한다. 하지만 갈대
는 짠물이 흥건한 바닷가에서 주로 자란다. 억새나 달뿌
리풀에게 양보를 한 것인지, 아니면 서로 자리다툼을 하
다 바다 쪽으로 밀려난 것인지 알 수 없다. 겨울에는 물론
봄에 새순이 돋아날 때까지도 지나가 버린 날의 메마른
제 모습을 유지하는 것이 인상적이다. 억새나 달뿌리풀
도 그러하지만 바다를 배경으로 서 있는 갈대의 모습은
유달리 눈길을 끌게 한다.

다른 볏과 식물과 비교했을 때 갈대는 잎도 크고 줄기
도 크고 키도 크다. 아무래도 짠물에서 살아가야 하고 파
도나 밀물이 차오를 때 잠기지 않으려면 그래야 할지도
모른다. 시도 때도 없이 불어오는 바닷바람에 맞서야 하
거니와 갑작스럽게 몰아치는 태풍에 견디려면 더욱 그런
거 같다. 그렇다고 바람에 쉽게 꺾이지도 않는다.

갈대는 가을이 오면 고개를 숙인다. 봄과 여름에 힘 있
고 기운차게 자랐다. 하늘을 찌를 것 같던 기세등등함은

온데간데없다. 해 질 무렵 조용히 머리 숙인 채 길손마저 끊긴 바닷가에 호젓하게 서있는 갈대는 어느 구도자의 모습을 연상하게 한다.

바람이 불면 이리 흔들리고 저리 흔들리는 갈대의 모습을 두고 어떤 이는 갈대가 줏대가 없다고 한다. 그런데 이는 어쩌면 갈대의 삶을 모르고 하는 얘기일지 모른다. 갈대는 짜디짠 바닷물에 평생 뿌리를 내리고 살아간다. 온갖 바람과 늘 밀려 오가는 파도는 일상이다. 짠물 밴 세상을 살아보지 않고서 '갈대는 지조가 없다'고 쉽게 말하는 것은 아닐까.

잎이 무성하다고 해서, 꽃이 화려하다고 해서, 외양이 우람하다고 해서 강한 것은 아니다. 갈대처럼 세찬 바람과 파도가 몰아쳐도 부러지지 않아야 강한 것이다. 힘든 환경에 꿋꿋하게 버티며 살아가는 것이 강인한 것이다. 시류에 편승하는 것은 아니지만, 자신의 처지에 맞게 적응하며 살아가는 것이 멋있고 굳센 삶이라는 것을 말이다.

동
백
기
름

동네 사람들은 석이를 동백 집 막둥이라 불렀다. 석
이네 집 뒤 산자락엔 동백나무 수십여 그루가 자라고
있었고 석이는 그 집 막내아들이었기 때문이다. 그 집
뒷산 언덕 동백나무숲은 그 집과 바로 붙어 있어 멀리
서 보면 마치 지붕 위에서 동백나무들이 자라고 있는
것처럼 보였다. 늦겨울과 이른 봄, 그 동백나무숲에 동
백꽃이 만발할 때, 석이네 집엔 마치 커다란 동백꽃 나
무 병풍이 둘러쳐져 있는 것처럼 멋진 풍경을 만들어냈
다. 봄에는 꿀을 따려는 벌들이 동백나무숲을 날아다니

느라 하루 종일 웅웅 거렸다.

동백나무는 줄기가 하늘로 뻗지 않고 옆으로 퍼졌다. 잘 크지도 않았다. 어린 시절 보았던 나무를 어른이 되어 보았을 때도 별반 차이가 없을 정도였다. 석이네 마을엔 크고 작은 태풍이 여러 번 휩쓸고 갔는데도 다른 나무들은 쓰러져도 그 동백나무들은 넘어지거나 부러진 적이 없었다. 아무래도 동백나무는 두껍고 무거운 잎이 많이 달린 가지를 사철 지탱하다 보니 강해진 듯했다. 아이들도 나무에 쉽게 오르내릴 수 있는 동백나무숲은 석이 또래들에게 동백꽃 피는 봄철, 더위가 기승을 부리는 여름 때면 훌륭한 놀이터였고 피서처가 되었다.

동백꽃이 필 때면 숲은 붉은 물결을 이루었다. 동백나무 밑에는 시들지 않은 채 떨어진 동백꽃들이 빨갛게 널렸다. 가을철 마당에 새빨간 고추를 널어놓은 듯했다. 그쯤이면 벌들도 바쁜 철이었지만 아이들도 분주한 철이었다. 아이들은 그 꽃들을 그냥 그대로 두기가 아까워 그것들을 주워 돌담 위에 올려놓던가 장독대 위에 놓던가 지붕 위에 던져 놓기도 하였다. 어떤 아이들은 동구 밖 도랑

가에 있는 개나리 가지에도 그 동백꽃을 끼워놓았다. 그러면 개나리 나무에 동백꽃이 피어난 것 같았다. 마을 전체가 붉은 동백꽃 세상이 되었다. 아이들은 흥이 나, 꽃으로 머리를 장식하고 꽃목걸이를 만들어 목에 걸기도 하였다. 아이들의 봄철 꽃목걸이 행렬과 진한 동백꽃 향기 속에 석이네 동네 봄은 이렇게 무르익어 갔다.

그 시절 총각이 장가를 갈 때 머리에 동백기름을 발랐고 그 덕에 새신랑은 한껏 멋을 부릴 수 있었다. 석이네 어머니는 장에 가서 동백기름 일부를 팔기도 했고 고맙게도 마을 사람들에게 조금씩 나눠주기도 하였다. 때문에 마을 사람들은 동백기름 걱정을 덜고 살았다.

들판에 벼들이 누런색으로 변해가고 아침저녁으로 선선한 기운이 감돌기 시작하면 석이네 동백나무숲은 봄과 다른 광경을 연출했다. 봄에는 통째로 떨어진 꽃들이 그 나무 밑을 장식했지만, 가을에는 떨어진 동백 열매가 그곳을 차지했다. 어떤 것들은 쩍 벌어져서 씨앗 째로 떨어지는가 하면 어떤 것들은 열매 째로 떨어졌다. 그 열매는 검은빛을 띠었고 반달 모양을 하고 있었다. 석이네 어머니는 그것들을 주워 모아 덕석에 말린 후 시장에 있는 기름집에 가지고 가서 기름을 짰다. 석이네는 그 일을 한해 농사만큼이나 중요하게 여겼다.

가을걷이가 끝나면 석이 어머니에게는 해마다 중요한 나들이 행사 하나가 있었다. 그것은 다름 아니라 석이 어머니가 친정아버지 생일을 맞아 부모님을 뵈러 가는 일이었다. 석이네 어머니가 본가에 갈 때면 머리에 그해 가을 햇동백으로 짠 기름을 꼭 발랐다. 머리를 곱게 빗은 다음, 똬리 모양으로 틀어서 비녀를 꽂았다. 장롱 속에 아껴둔 예쁜 한복을 입고 이것저것 싼 보자기와 물건들을 머리에도 이고 손에도 든 채 길을 나섰다. 석이 아버지도 같이 가는데 석이 아버지는 동백기름을 머리에 옅게 발랐다.

석이네 동백꽃이 피고 지기를 여러 해, 석이가 어느덧 결혼할 나이가 되었다. 석이는 소개를 받아 만나보기도 하고 맞선을 보기도 했지만 혼사가 성사되지 못했다. 아무래도 시골 총각과 결혼하려는 아가씨가 없기도 했거니와 석이도 결혼에 적극성을 보이지 않았다. 애가 타는 사람은 석이 어머니였다. 석이 어머니도 벌써 환갑을 넘긴 나이라서 석이 결혼을 서두르고 싶었다.

그 해, 석이 어머니가 시장에서 쓰러지셨고 그 일로 상태가 악화되어 다시는 일어나지 못하셨다. 다른 해와 달리 석이네 동백꽃이 일찍 피었다. 동지섣달부터 몇몇 나무가 빨간 꽃봉오리를 내밀기 시작했다. 눈이라도 오는 날이면 동백나무에 눈이 쌓이고 그 동백꽃은 더욱 선명하게 짙은 홍색을 띠었다. 동백나무숲은 파란 잎, 붉은 꽃, 새하얀 눈과 어우러져 환상적인 모습을 보여주었다. 설중매가 멋있다고 하지만 '설동백雪冬柏' 또는 '백중홍白中紅'의 동백꽃은 더욱 아름다웠다. 오방색의 향연 그 자체였다. 흰색의 눈, 눈 내리는 거무스름한 하늘, 푸른 동백잎, 샛노란 동백꽃술, 붉디붉은 동백꽃잎……. 동백나무를 가까이 두고 있지 않고서는 볼 수 없는 진귀한 풍경이 펼쳐졌다.

막둥이 결혼은 석이 어머니 마음속에 동백꽃만큼이나 붉게 피어있던 소망이었다. 석이 어머니는 그토록 석이가 머리에 동백기름 바르고 장가가는 것을 생전에 보고 싶어 했지만, 그 바람을 끝내 이루지 못하고 눈을 감았다. 석이네 동백꽃은 때 이르게 점점 많이 피어나서 붉은 물결을 이루었다. 이제 동백나무숲에서 뛰놀던 아이들 모습도 사라졌고 가을에 동백 열매를 줍던 석이 어머니의 모습도 볼 수 없게 되었다. 그해는 동백꽃이 예년에 비해 유난스레 많이 피었다. 어쩌면 그 동백꽃들은 석이 어머니 마지막 가는 모습을 보려고 앞다투어 피었을지도 모른다.

탱
자
가

익
어

가
면

아파트 뒤편에 누군가의 텃밭이 있다. 탱자나무 울타리가 그 밭을 에워쌌다. 그 울타리에 열린 탱자가 노랗게 익어간다. 소년의 어머니는 노란 탱자 열매가 차멀미에 효과가 좋다며 서너 개를 버스를 타거나 기차를 탈 때마다 주머니에 넣어 주곤 하였다.

소년은 무척이나 차멀미를 심하게 했다. 시골에는 버스가 하루 서너 차례 비포장길을 다녔다. 어느 해쯤인가 외갓집이 버스로 가더라도 한 시간 이상 걸리는 곳으로 이

사를 가 버렸다. 멀미를 하면서도 해마다 돌아오는 외할
아버지 생신이나 외할머니 제사 때 꼭 어머니를 따라나섰
다. 외갓집에 갈 때마다 어김없이 차멀미를 했다. 다음 날
아침까지 속이 울렁거리고 메스꺼워서 아무것도 먹을 수
없었다. 속이 좀 진정이 되자 기차역을 구경하기 위해 외
사촌 동생과 함께 외갓집 옆 언덕배기로 올라갔다.

서울로 올라가는 기차, 부산으로 가는 기차가 기다란
몸체를 움직이며 기적을 울렸다. 언젠가 저 기차를 타고
소년 자신도 한번 가봐야지 하고 마음먹었다. 몇 년 뒤 그
언덕배기가 없어지고 학교 하나가 들어서 버렸다. 소년
은 그 언덕에서 더 이상 기차를 볼 수 없었지만, 기차의
기적소리만은 크고 선명하게 들렸다. 멀리서 들려오는
기적소리는 마음을 흔들어 놓았다.

고등학교를 졸업하자마자 소년은 그 기차에 몸을 맡기
고 서울로 향했다. 떠날 때 소년의 어머니는 보관해 둔 마
른 탱자 서너 알을 잊지 않고 챙겨 주었다. 새벽녘에 생전
처음으로 도착한 서울역은 낯설었다. 겨울 새벽녘이라
서울역은 매서웠다. 아늑한 고향을 떠난 탓인지, 거대한

서울 모습에 놀라서 움츠러든 마음탓인지 역전에 몰아치는 겨울바람은 차갑게만 느껴졌다.

소년은 서울의 A동네에 첫 둥지를 틀었다. 산과 들은 보기 어려웠다. 집들은 빽빽하고 길도 시골과는 달랐다. 길은 보도블록으로 되어 있어 흙을 밟는 촉감은 잊어야 했다. 사람들은 바쁘게만 보였고 인사를 나눌 수 없었다. 집은 셋방 위주로 지어졌다. 문을 열면 앞집 문이 바로 코앞에 있었다. 햇살이 잘 드는 시골집과 다르게 서울 생활은 갑갑하기 짝이 없었다.

새벽에는 일하러 가는 아가씨들의 구두 소리에 본능적으로 잠을 깨고 저녁에는 퇴근하는 아가씨들의 뾰족구두 소리에 밤늦도록 뒤척거리다가 잠이 들곤 하였다. 꼭두새벽 첫닭 우는 소리, 송아지 우는 소리는 들을 수 없었다. 어쩌다 흐린 날 크게 들리는 기차 기적소리만 소년의 마음을 고향으로 향하도록 흔들어 댈 뿐이었다.

서울은 생존투쟁의 현장이었다. 팔도에서 모여든 사람들이 저마다 살아가기 위하여 몸부림치는 곳이었다.

부엌칼 갈아준다는 외침, 물건을 사라는 외침, 막힌 배수구 뚫어 준다는 외침 등, 말 그대로 삶과 직결되는 외침이 하루 종일 이어졌다.

소년은 서울살이에 허우적거리는 사이, 어느새 일 년이 지났다. 집주인은 보증금을 올려 달라고 했다. 새로 돈을 마련하기가 쉽지 않았다. 보증금에 맞는 거처를 찾아 옮길 수밖에 없었다. 이사한 B동네 주변에는 하천이 있었다. 하천 둑에서 그나마 계절의 변화를 느낄 수 있었다. 철 따라 제비꽃, 망초꽃, 들국화가 둑에 피어났다.

어느 해 여름 저녁, 비가 억수같이 쏟아지고 있었다. 이렇게 비가 많이 내리면, 시골에서는 봇도랑 물이 벼논에 넘치지 않을까 해서 논을 둘러봐야 하지만, 서울이라 그럴 필요가 없었다. 쏟아지는 비를 하염없이 쳐다보며 생각에 잠겨 있었다. 곧 그치리라는 생각과 함께 시원스럽게 내리는 빗소리를 들으며 잠을 청했다.

집주인 아주머니가 다급하게 깨웠다. 물이 차올라서 방안으로 들어오기 직전이었다. 물이 가득 찬 부엌에는 부엌 물품들이 둥둥 떠다니고 있었고 하천의 물이 역류해서 마당과 부엌으로 차오르고 있었다. 시골에서는 못자리와 벼논만 물이 찬다고 생각하였는데 서울에서는 부엌에도 못자리나 벼논처럼 물이 들어찰 수 있다는 사실을 두 눈으로 확인하는 순간이었다. 그 물난리 이후 비만 오면 맘 졸이면서 지냈다.

그해 겨울, 눈이 제법 내리는 밤이었다. 책과 씨름하다가 잠이 들었다. 눈까지 오는 밤이라서 눈 내리는 고향 모습을 꿈에 그리고 있었다. 눈을 맞으며 동구 밖을 내달렸다. 너무 달렸는지 갑자기 갈증을 느꼈다. 마을 언덕에는 소나무가 몇 그루 있었는데 그 솔잎에 눈이 하얗게 쌓여 있었다. 그 쌓인 눈이 먹고 싶어서 한 움큼 움켜쥐려 하였지만 맘대로 되지 않았다. 계속 애를 썼지만 허사였다.

고향 꿈을 꾼 것이었다. 잠이 깨서 부엌에 있는 물을 먹으려고 방문을 여는 순간 쓰러지고 말았다. 손발이 말을 듣지 않고 몸은 감각이 없었다. 머리도 움직일 수 없었다. 심하게 어지럽더니 속이 메스꺼워 헛구역질이 올라오기 시작했다. 정신이 몽롱해졌다. 그 순간 문이 열렸다. 소년의 형은 퇴근하는 길이었다. 깜짝 놀라 소년을 눕히고 창문을 열고 환기를 시켰다. 연탄가스에 중독된 것이었다. 주인은 동치미 국물을 먹어야 한다며 동치미 국물을 가져왔다. 시간이 지나자 정신이 들었고 손발도 감각이 돌아왔다.

서울에 살려면 물난리도 겪어야 하고 연탄가스도 마셔야 하는 모양이었다. 지난번 물난리로 방바닥에 균열이 생겨 그 틈으로 가스가 새들어온 듯하였다. 그 일 이후로 춥더라도 창문을 조금 여는 습관이 생겼다. 혼이 나기도 해서 이듬해 봄에 C동네로 이사를 했다. 집주인 아주머니는 더 있으라고 하였지만 마음이 허락하지 않았다.

그렇게 꿈이 넘치던 시절, 한 시골 소년은 차멀미를 막아보고자 탱자 향에 의지해 부푼 희망을 안고 기차에 몸을 실은 채 서울로 향했고 많은 것을 겪었다.

탱자나무 가시는 환경에 적응하기 위하여 줄기가 변한 것이라 한다. 선인장 잎이 그 모진 사막의 환경에 맞서기 위하여 가시로 변한 것처럼, 탱자나무줄기가 가시로 변

할 정도라면 정말 혹독한 환경이었을 것이다. 그 혹독함
이 무엇이었는지는 알 길이 없다. 혹독한 서울 생활하면
서 소년의 마음 곳곳은 이미 많은 가시가 돋아있었다.

가을은 외로운 석류의 계절

석류가 열리는 가을이 오면 모든 것이 변한다. 따사로운 햇볕, 서늘한 기온, 선선한 바람이 역할을 톡톡히 한다. 가을바람이 스칠때마다 석류 속까지 파고들어 가, 꽉 차있는 수정을 닮은 알까지 연붉은 색으로 물들게 한다.

석류는 꽃, 열매, 알맹이까지 모두 붉은빛을 띤다. 대부분의 과실은 꽃 색깔 다르고, 열매 색깔 다르고, 씨알 색깔이 다른 데 반해 석류는 같은 계열의 색을 유지한다. 복주머니를 연상하게 하는 석류 열매는 주머니 안

에, 자연에서 볼 수 없는 반짝거리는 홍수정紅水晶이 가
득 차 있다.

석류는 옛 여인들에게 많은 상징성을 부여했다. 석류
의 알은 다산을 상징하였고 여인들의 자수에도 많이 등
장했다. 석류의 모양은 남성의 음낭을 닮아 생남生男을
기원하는 의미로서 여인들은 향 주머니를 석류의 모양으
로 만들었다.

고향의 이웃집에 한 그루 석류나무가 있었다. 마을에
서 단 하나뿐이었다. 외로워 보였다. 다른 과실나무는
많이 있었지만 석류나무는 마을 전체를 통틀어 한 그루
밖에 없었기 때문이다. 건넛마을에도 석류나무가 한두
그루를 넘지 못했다. 고향마을에 석류나무는 늘어나지
않았다. 요즈음에는 건강에 좋다고 일부러 대량으로 석
류나무를 식재한다는 내용이 매스컴에 오르내리는 것
을 본 적이 있다.

추수가 한창일 무렵 잘 익어 벌어진 석류 알이 가을빛
을 받을 때면 붉은빛이 감도는 영롱한 보석 주머니는 신

비롭기까지 했다. 맛 또한 시큼해서 청량감을 선사했다. 가을에는 신맛 나는 과일이 드물었다. 신맛을 즐겼던 어린 시절이라서 석류가 매력적으로 다가왔고 생김새마저 독특해서 관심을 끌기에 충분했다.

고향의 이웃집 석류는 맘대로 따 먹을 수가 없었다. 석류를 약에 쓴다고 따 먹지 못하게 하였다. 그 신맛을 못 잊어, 참을 수 없도록 먹고 싶어지면 그 집 형과 함께 몰래 한두 개를 따 먹었다. 그것이 그해 맛볼 수 있는 양의 전부였다.

집안에 석류나무를 심어서 가을에 붉은빛 감도는 홍수정을 쳐다보고 싶어졌다. 석류나무가 마을에 한 그루뿐이라서 외롭게 서 있는 그 신세를 해결해 주고 싶은 마음도 있었다. 아버지를 졸라도 허락지 않아 혼자서만 애면글면하였다. 결국, 마을에서 한 그루뿐인 석류나무의 외로운 신세를 해결하지 못한 채 해마다 그 집 석류나무를 쳐다보면서 여러 가을들을 보내고 말았다.

낙엽을 보면서

생각이 낙엽처럼 쌓이던 소년 시절, 나무가 겨울에 덜 추우려면 나뭇잎이 나무를 찬바람으로부터 막아주어야 마땅하다고 생각했다. 추운 겨울이 다가오는데도 나뭇잎이 차가운 바람으로부터 나무를 막아주기는커녕 나무에서 떨어지는 모습을 보고 의아해 한 적이 많았다. 잎이 사라져서 가림 막이 없어지면, 매서운 바람과 추위가 엄습했을 때 나무는 견디기가 힘들어질 것이 자명했기 때문이다. 날이 추워지면 옷을 겹겹이 입는 사람과 비교했을 때 너무나 대조적인 나무들의 가을 모습을 두고 홀로 머리를 싸맨 경우가 많았다.

잎도 나무와 한 몸이라는 사실을 한참 뒤에 알고부터
는 나무들이 새삼 경외스럽다는 느낌마저 들었다. 나무
는 겨울을 버티기 위해서 부피만 차지하는 잎을 과감하
게 버려야 한다는 이치를 알고 있었다. 잎을 버리면 무거
움이 가벼워진다는 것을 알고 있었다.

무언가를 모으기도 어렵지만 버리기가 더 힘들었다.
모을 때는 시간순으로 모아두었는데 막상 버리려고 하면
어느 순서대로 먼저 버려야 하는지 감이 오지 않았다. 비
워야 채워지는데, 버려야 새로운 공간이 생기는 데 우리
는 그걸 못하고 있는 지도 모른다.

떨어지는 낙엽을 보면서도 잡념을 버리지 못하고 있
다. 마음을 비워야 하는데 늦가을 바람 속을 나뒹구는 낙
엽처럼, 아직도 갈피를 잡지 못하고 헤매고 있다.

마음속에 여울졌던 그 울음, 그 소리

어두운 밤의 개구리 소리

평소 잘 짖어대던 개들도 그날 밤은 조용했다. 골목에 지나다니는 마을 사람들이 없어서인지 인기척도 들리지 않았다. 비구름이 짙게 드리운 밤이라 달은 기대할 수 없었다. 그런 밤을 칠흑이라 했던가.

너무나 컴컴해서 두렵고 무서운 분위기가 온몸을 휩싸고 들었다. 소변이 마려워도 밖에 나갈 용기가 나지 않았다. 사방천지가 짙은 어둠에 침몰되어 겁이 났다.

그날 아침 일찍 아버지와 어머니는 집을 나섰다. 사나

흘 뒤에나 온다고 하였다. 낮에는 몰랐는데 부모님이 없는 밤은 그래서 더욱 어두웠고, 진한 먹물 같았고, 흑단 같았다. 유난히도 그날 밤은 무서움이 해일처럼 몰려들었던 밤이었다.

조용한 밤의 정적을 깨는 소리가 있었다. 집 앞 논에서 떼 지어 울어대는 개구리울음이었다. 귀에 익은 소리였다. 비가 오려고 해서인지, 개구리 소리 외에는 아무 소리도 들리지 않았다. 한 치 앞도 볼 수 없었다. 커다란 검은 하늘과 두터운 어둠만이 온 세상을 뒤덮고 있었다.

사람들은 밤이 무섭고 두렵다고 여기는 듯하다. 어려서부터 밤과 관련된 무서운 이야기를 많이 들었기 때문에 그러지 않을까 싶다. 무섭다고 여기는 호랑이, 도깨비, 귀신도 밤에 나타난다고 했다. 무서운 것이라고 한다면 밤뿐만이 아니다. 죽음과 관련된 것도 무섭다. 누군가가 발을 헛디뎌 죽었던 깊은 물, 공동묘지나 산에 있는 무덤 등이 무섭다.

밤과 죽음은 공통점이 있다. 밤은 어두워서 '볼 수 없다'는 것이고, 죽음도 이후 세계를 '볼 수 없다'는 것이다.
부정적으로 생각할 필요는 없다. 밤이 있어야 쉴 수 있고
죽음이 있어야 경거망동을 경계하며, 삶을 귀하게 여기
는 계기로 삼게 된다.

　너무나 어두워서 지척을 분간할 수 없는, 개구리 소리
만이 밤의 적막을 깨는 그 밤이 그리울 때가 있다. 현대의
번잡한 생활로 그런 밤을 겪어보기가 더욱 힘들어진 탓
은 아닐까.

누렁이의 마지막 울음

소년은 누렁이를 먹이러 가기 위해 학교 수업이 끝나기 무섭게 집으로 향했다. 방학이 끝나고 개학한 지가 얼마 되지 않아 마음이 바빠졌다. 집 앞에 도착해 대문을 들어서니 안에서 큰 소리가 들렸다. 고구마 밭 주인이 소년의 집에서 언성을 높이고 있었다. 소년의 아버지와 어머니는 그런 일이 없도록 하겠다면서 연신 미안하다고 사과를 하는 중이었다.

엊그제 동네 아이들과 풀 뜯기러 갔을 때 누렁이가 밭

에 들어가, 고구마 넝쿨을 짓밟고 고구마 순을 먹었던 일이 생각났다. 밭 주인이 집에 찾아와 그 일을 항의하는 중이었다. 얘기를 끝내고 그 밭주인이 대문을 향해 나오고 있었다. 얼른 몸을 보이지 않는 곳으로 피했다.

고구마 밭 주인이 돌아간 직후 아무것도 모르는 것처럼 집에 들어섰다. 아버지는 누렁이 먹이러 갈 때 남의 밭에 들어가지 못하도록 조심하라고 했다. 그날 오후도 누렁이를 몰고 산으로 향했다. 동네 아이들과 좋아하는 돌 공기놀이도 제쳐두고 누렁이만 감시하기로 했다.

그 고구마밭은 야트막한 산등성이 근처에 자리하고 있어 소들이 접근하기 좋은 곳이었다. 그날따라 누렁이도 풀만 얌전하게 뜯고 있었다. 시간이 지나자 지루함이 몰려왔고 친구들이 돌 공기놀이를 같이하자고 하도 보채기도 해서 경계를 풀고 돌 공기놀이에 이내 빠져들었다.

해가 지려하고 주위는 산그늘로 짙어졌다. 누렁이와 집으로 갈 시간이 되었다. 누렁이가 보이지 않았다. 가슴이 덜컹 내려앉았다. 동시에 그 고구마밭이 생각나서 그

곳으로 쏜살같이 달려갔다. 아니나 다를까, 누렁이는 그 밭가에서 밖으로 불거져 나온 고구마 줄기를 먹고 있었다. 다행히도 고구마 순은 먹지 않았다. 그런데 며칠 못 가서 누렁이와 다른 소 서너 마리가 또다시 그 밭 언저리를 망가뜨려 놓았다. 이번에는 여럿이 그 주인한테 송구하다고 통사정하여 넘어갈 수 있었다.

벌써 세 번째다. 괜스레 화가 났다. 돌아올 무렵 주변 나뭇가지를 꺾어 몇 차례 누렁이 등을 후려쳤다. 누렁이는 알아듣지 못한 것처럼 큰 눈만 끔벅끔벅하기만 했다. 그 표정이 더욱 얄밉게 보였다. 서너 차례 더 세게 후려갈겼다. 아픔을 느꼈는지 도망가려 했다. 땅거미가 제법 내려왔고 주변이 어두워지고 있었다. 집에 와서 생각해보니 누렁이를 때린 일이 마음에 걸렸다. 저녁 풀을 주면서 누렁이가 반복해서 고구마밭에 가는 이유를 나름대로 생각해 보았다.

고구마 잎은 부드럽고 잎줄기는 연해서 씹기 좋다. 누렁이는 풀은 먹기에 깔깔하고 고구마 순은 부드러워 고구마 줄기에 맛 들인 듯싶었다. 그렇다면 보통 문제가 아니다. 누렁이는 계속해서 고구마 밭에 갈 것이다. 맛도 좋을 뿐만 아니라 쉽게 뜯어 먹을 수 있어서 배도 빨리 채울 수 있기 때문이다. 그런 누렁이 행동을 막기 위해서는 누렁이를 단단히 감시하는 것 외에 뾰족한 방법이 떠오르지 않았다. 한편으로 '고구밭에 가지 마라'고 심심 당부하듯이 누렁이에게 말을 건넸다. 알아들었는지 못 알아들었는지 큰 눈만 두어 번 끔벅댈 뿐이었다. 누렁이 등을 보니 나뭇가지로 때린 자국이 뚜렷했다.

며칠 후 여느 때와 같이 수업이 끝나고 집 앞에 다다랐을 때 동네 사람들 몇몇이 웅성거리고 있었다. 소년을 보더니 얼른 안으로 들어가 보라고 손짓하였다. 집 마당에 동네 어른들과 친척 분들 몇몇이 모여 있었다. 다들 걱정 가득한 모습이었다. 아버지는 마루에 걸터앉은 채 고개만 떨구고 계셨고 어머니는 부엌문 앞에서 흐느끼고 계셨다. 어찌 된 영문인지 알 수가 없었다.

누렁이 오른쪽 뿔에 빨간 딱지가 붙어있었다. 생전 처음 보는 것이라서 이상하기도 하고 무척 궁금하기도 하였다. 친구들이 기다리고 있을 것 같아서 누렁이를 몰고 나왔다. 누렁이를 몰고 가면서도 딱지가 떨어지지 않도록 해야 한다기에 온 신경을 소뿔에 붙은 빨간 딱지에 쓰지 않으면 안 되었다.

누렁이는 그 뿔로 나무, 언덕, 밭둑이나 논둑을 예사로 비비기도 하였다. 뒤에서 몰고 가던 것을 위치를 바꾸어 앞에서 몰기로 했다. 평소보다 고삐를 짧게 잡고 바짝 붙은 채로 몰고 갔다. 누렁이는 이유도 모르는 채 답답한 듯 잇따라 콧바람을 불어댔다. 누렁이가 풀을 뜯을 산에 이르렀더니 동네 아이들이 벌써 소를 산에 풀어 놓고 모여 있었다.

보통 때라면 누렁이를 산에 풀어 놓고 아이들과 놀 수 있었지만, 뿔에 붙은 빨간딱지 때문에 그러지 못하고 고삐를 잡은 채 풀을 먹일 수밖에 없었다. 소년은 싸리나무 가지 서너 개를 꺾어 누렁이에게 달려드는 날벌레를 쫓아주었다. 누렁이는 고마움을 표하기라도 하듯 그럴 때마다 두어 번 꼬리를 쳤다. 말 못 하는 짐승이 무슨 죄가 있다고 뿔에까지 빨간 딱지를 붙였을까. 빨간 딱지가 무섭기도 하고 겁나기도 하였다.

집에 돌아오니 동네 분들은 없었다. 큰어머니와 부모님만 계셨다. 학교에서 집에 막 왔을 때보다 진정이 되어 계셨다. 외양간에 누렁이를 매 놓고 손을 씻으러 가다가 절구통에 붙은 빨간 딱지를 발견하였다. 누렁이 뿔에 붙은 것과 같은 것이었다. 집 기둥에도, 장독대 제일 큰 독두 개에도 빨간 딱지가 붙어 있었다. 그 두 큰 독 안에는 어머니가 묵은 간장과 된장을 담아 놓고 있었다. 다른 것에도 또 있는지 둘러보기 시작했다. 부엌에 들어가니 무쇠솥에도 붙어 있었다. 집 모퉁이 처마 밑에 있는, 쌀과 보리쌀을 보관하는 뒤주 두 개에도 빨간 딱지가 붙어 있었다.

아버지는 그간 내용을 말씀하셨다. 말씀 도중에 간간이 입술이 가볍게 떨리기도 하셨다. 이렇게 된 것에 대해 미안하다고 하면서 당분간 저 빨간 딱지를 훼손하면 안 된다고 하셨다. 소년은 외양간으로 가 빨간 딱지가 떨어지지 않도록 그것이 붙여진 뿔을 가느다란 새끼줄로 야무지게 감아 놓았다. 혹여 밤중에라도 누렁이가 그 빨간 딱지를 망가뜨릴까 봐 마음이 놓이지 않았기 때문이다.

그날 밤공기는 무겁게 소년의 집을 짓누르고 있었다. 다들 아무 말이 없었다. 마치 폭풍의 언덕에서 폭풍이 닥치기 직전처럼 깊은 고요만이 흐르고 있었다. 어머니가 저녁밥을 차려 왔지만 누구도 먹으려 하지 않았다. 어머니는 많이 우셨는지 약간 눈이 부은 채 목멘 듯한 목소리로 굶으면 안 된다고 다그치셨다. 하지만 모두들 반응이 없었다.

잠을 자려고 했지만 눈은 감기지 않았다. 억지로 눈을 감아보았지만 붉은 부적 같은 딱지를 생각하니 한숨만 커질 뿐이었다. 사람 시키는 대로 하고 지친 몸뚱어리를 이끌며 논 갈고 밭 가는 누렁이의 뿔에까지 붙여진 그 빨간 딱지를 생각하니 더욱 그러했다.

며칠 뒤 소년의 아버지는 의도하지 않게 휘말린 송사訟事의 소송비를 갚기 위해 누렁이를 팔아야 했다. 소년의 집은 누렁이의 희생으로 그 빨간 딱지의 공포로부터 벗어날 수 있었다. 누렁이는 팔리는 것을 알고 떠나기가 싫었는지 끌려가다가도 두어 번 뒤 돌아보려했지만 야멸스럽고 매정한 소장수는 누렁이를 재촉할 뿐이었다. 소년은 언덕에 올라 누렁이가 시야에서 사라질 때까지 눈시울을 붉힌 채 하염없이 물끄러미 바라만 보았다. 누렁이의 울음소리는 점점 작아졌고 서쪽하늘도 안타까운지 붉게 충혈돼 있었다.

　빨간 딱지만 없었다면 누렁이와 생이별할 일도 생기지 않았을 것이다. 누렁이는 단지 서너 번 남의 고구마밭의 고구마 순을 먹은 죄 외에는 없었다. 소장수에게 끌려가게 된 연유가 그 고구마 순을 먹은 잘못 때문일 거라고 생각했을 것이다. 고구마 순 좀 먹은 것이 이토록 큰 잘못인 줄을 끌려가면서 후회했을 지도 모른다.

　텅 빈 외양간은 더욱 휑했다. 누렁이가 땅벌 집을 밟아 도망치던 일, 송아지를 낳았을 때 젖 잘 나오게 해 달라고 아버지와 함께 빌던 일, 그 송아지를 판 뒤 뛰쳐나가는 누렁이를 붙잡으려 애를 먹던 일 등등이 소년의 머릿속을 주마등처럼 스쳐 지나갔다.

빗
소
리

새벽녘 댕강댕강 거리는 소리에 잠을 깼다. 빗방울이 창문 위에 설치된 차양을 두드리는 소리다. 예전 시골에서는 비가 내리면 그 빗소리를 또렷하게 들을 수 있었다. 지붕이 볏짚으로 엮어 만든 이엉이어서 처마 끝에 모아진 비가 이내 낙숫물이 되어 그 소리가 제법 명랑하고 똘망똘망하게 들렸다. 그 떨어지는 빗방울 소리는 일정한 리듬을 가지고 있어 마음속으로 세어 보기도 하고, 비가 얼마나 오는지 가늠해 보기도 하였다.

어릴 적 아침결에 빗방울 소리가 들리면 마음이 편했다. 아무리 바쁜 시기라 하더라도 비가 줄기차게 내리면 부모님이 논밭 일을 도우라고 채근하지 않았다. 비가 멎기까지 자유를 만끽할 수 있었다. 비가 오면 몸이 나른함이 평소보다 몇 배나 더 되는 것 같았다. 기껏 하는 것이라곤 방바닥에 누워 몸을 뒤척거리는 것뿐이었다. 빗소리가 커지면 커질수록 그 뒤척거리는 소리도 커져만 갔다. 그 와중에도 점점 커지는 낙숫물 소리는 아무리 들어도 질리지 않는 것이 참 신기할 따름이었다.

가뭄이 한창일 때에 비가 내리면 단비가 되어 부모님도 좋아하셨다. 그러나 눈코 뜰 새 없이 분주한 가을철에 비라도 오는 날이면 부모님은 비를 바라보고는 가벼운 한숨을 쉬곤 하셨다. 어쨌든 새벽에 빗소리를 들으면 비가 그친 뒤에는 바쁠지라도 당장에는 한시름 놓을 수 있었다.

살아가면서 빗소리에 대한 감정이 달라졌다. 샐러리맨이 되어서 빗소리를 들을라치면, 잠시 추억을 더듬다가도 출퇴근이나 나들이 때의 불편함이 떠오르게 되는 현실주의자가 돼 버렸다. 언제부턴가 빗소리가 들리면 우산을 들고 밖으로 나간다. 그 빗소리 속에는 고향의 소리가 있고 추억의 소리가 있기 때문이다.

개
짖
는
소
리

  이웃에서 개 짖는 소리가 그치질 않는다. 짖어 댄 지
이제 두 시간이 넘었다. 짖는 소리를 들어봤을 때 조그만
개인 것 같다. 이미 자정은 넘은 지 오래됐고 새벽 한 시
가 가까워지고 있다. 사람도 두어 시간 목을 쓰게 되면 목
이 쉬기 마련이다. 저 개도 세 시간 이상 짖어댔으니 제풀
에 지칠 만도 한데 잦아들기는커녕 악을 쓰며 짖어댄다.
멈출 기미가 보이지 않는다. 이 밤중에 무슨 일로 그칠 줄
모르고 짖어 대는지 궁금하기만 하다.

개도 크기나 원산지에 따라서 짖는 소리가 다르다. 큰
개가 짖을 때는 그 체구에 어울리게 짖는 소리도 우렁차
다. 소리가 커서 오래 듣고 있기에는 거북스럽다. 커다란
개가 계속 짖어대는 것은 공사장에서 나는 소음이나 매
한가지다. 예전 시골 뒷집에는 세계적으로 큰 개에 속하
는 '그레이트 덴'이 있었다. 송아지만 한 크기였다. 그 개
가 짖는 소리는 상당히 커서 집이 울릴 정도였다.

개 짖는 소리 하면 우리나라 토종개가 최고인 듯하다.
진돗개는 물론 진돗개 잡종들이 짖어대는 소리는 우렁차
지도 않았고 사납거나 웅어리진 소리도 아니었다. 경쾌
하고 똘망하며 반복해 들어도 싫증이 나지 않았다. 동네
에서 한 마리가 짖어대면 약속이나 한 듯이 마을 개들 전
체가 짖어댔다. 평소 나돌아다닐 때 그렇게 하기로 약조
를 한 듯하였다. 멈출 때도 먼저 짖었던 개가 그쳐야 다른
개들도 따라서 짖지 않았다.

개들도 날씨에 따라서 짖었다. 비가 오거나 눈이 내리
는 밤에는 잘 짖지 않았다. 비나 눈이 오면 개들도 우수에
잠기는 모양이었다. 봄비가 소리 없이 내릴 때, 여름에 이

슬비가 하염없이 내릴 때, 가을에 철 놓친 가랑비가 추적추적 내릴 때 등 왠지 무료하고 흐느적거리는 마음이 들 때 개라도 짖었으면 좋으련만 이상하게도 그럴 때는 개들이 짖지 않았다.

개 짖는 소리는 가을이면 진면목을 느낄 수 있었다. 하늘은 높아지고 날씨는 선선해서 짖는 소리도 청아하게 들렸다. 가을 달 밝은 밤엔 개가 짖어대야 달밤의 운치가 제대로 살아나는 것 같았다. 그 분위기에 어울리고자 함인지 달밤에는 개들도 합창하듯이 짖어댔다. 달 구경을 하는 것인지, 추억을 들추어내고 있는 것인지, 불현듯 태초의 고향 언덕이 그리워진 것인지 밤을 지새워 짖어대곤 하였다.

아직도 이웃집 개는 짖어대고 있다. 적당히 짖어대야지 발악하듯이 그러니, 예전 시골 개 짖는 소리의 아름다운 추억까지 앗아가 버리는 것 같아서 마음이 편치 않았다.

산이 전하는 것은

산
의
향
기

사람들은 저마다의 이유로 산을 찾는다. 그것은 산의 풀과 나무만큼이나 각양각색일 것이다. 어쩌면 대다수는 인공물로 에워 쌓인 곳을 떠나 무언의 섭리를 전하는 자연을 접하기 위하여 걸음을 옮기지 않을까 싶다. 그중에는 온갖 초목들과 땅이 선사하는 그윽한 향기를 맡기 위해서 일 수도 있다.

고향의 향내가 그리울 때 산을 찾는다. 억새풀, 망개나무, 싸리나무, 소나무 등은 언제나 고향의 내음을 전해 준다. 특히 억새풀은 가을이 되면 꽃이 피는 데, 대부분 그 머리가 남쪽을 향하고 있다. 억새풀도 그 고향이 남쪽인 것처럼 보였다.

사람들은 고유의 체취를 풍기며 살아간다. 그 체취를 좋은 냄새로 바꾸기 위하여 여러 향수를 뿌리기도 한다. 그러나 아무리 뿌려댄들 자연 향을 따라가지 못할 터이다.

요즈음 진정한 인간성에서 우러나오는 사람의 향기를 맡기란 쉽지 않다. 서로의 숨결을 느끼고, 몸 내음을 맡으며, 다정한 대화를 나누는 기회가 실종되어 가고 있다. 디지털 시대에 접어들면서 그런 현상이 심해지고 있는 듯하다. 어쩌면 디지털을 바탕으로 하는 무한 경쟁이 그것을 앗아가고 있는지도 모른다.

치열한 삶을 살아도 낙오자인 양 착각하게 만드는 오늘날이다. 수많은 사람이 더불어 살아가도 진정한 사람 내음을 맡기란 쉽지 않게 되었다. 많은 사람이 산을 찾아 나서는 이유도 여기에 있다. 산속은 태초부터 존재해온

원초적 향기를 간직하고 있다. 산은 부대낌에 지쳐 찌든 냄새가 나는 곳이 아니다. 계곡의 맑은 물에서는 물 향기가 가득하다. 추운 겨울에 차디찬 눈을 안고 있는 나무일지라도 스스로 은은한 나무 향을 내뿜는다.

산에 가면 늘 고고한 향기가 넘친다. 고향의 산에서 느꼈던 포근한 향내가 있다. 산에만 가면 분명 향기香氣라는 단어가 떠올려진다. 눈 덮인 산일지라도 향기는 있다. 산속을 걷는 그 순간이야말로 지고지순한 대자연의 내음을 맘껏 흠향하는 희열의 시간이 된다. 비록 산을 내려가면 그 향기가 금방 사라질지라도…….

지금도 고향산천에서 뛰놀던 생각이 날 때마다 도회지 근처에 있는 산을 오른다. 몸에 밴 덕스럽고 온유한 고향의 냄새를 느끼고 싶어서다. 그때만이 아니다. 남쪽에서 실바람만 불어와도 저절로 가까운 산으로 향한다.

산
의
고
요

  산에 가면 거대한 바위도 말이 없고, 나무도 말이 없
다. 땅도 말이 없다. 온통 고요하다. 그것을 깨트리는 것
은 인간이거나 이따금씩 들려오는 산짐승의 움직임 그
리고 멧새들 소리뿐이다. 산속 정적은 마지막 남은 고요
인 듯하다.

  고향 시골에는 여러 고요가 존재했다. 옅은 안개가 나
지막이 깔린 이른 아침 들판의 고요가 있었고, 점심의 나
른한 오수를 즐기는 한낮의 고요가 있었다. 하루 종일 요

란스레 흐르던 물이 석양빛에 매료돼 다소곳해진 저녁나절 강물의 고요가 있었고, 바쁜 농사일에 지친 농부들이 저녁 식사 후 잠에 떨어진 한밤중의 고요가 있었다. 지금은 고향도 그런 고요를 접해보기 어려워졌다.

우리나라는 고요한 아침의 나라라고 외국에 알려질 정도로 조용한 나라였다. 산업화가 되면서 지금은 소란한 나라가 되어 버렸다. 사회가 발전하면서 피할 수 없었을 것이다.

도시 근처의 산에 가면 자동차들의 경적 소리, 확성기 소리 등이 산속까지 들려온다. 수용할 수 있는 한계를 넘어선 소리들이 산속의 한적함마저 소란스럽게 흩트려 놓고 있다.

인간사가 고요하지 못한 근원은 입이 아닐까 싶다. 인간은 동물과 달리 말이라는 것을 만들어 입을 오용 내지 남용하고 있는지도 모른다. 말을 최소화해야 하는 것은 아닐까. 모든 문제의 발단은 대부분 입에서 비롯되고 화도 입에서부터 시작된다.

조용함이 실종된 오늘날 산속의 고요함도 점차 빠르게 사라지고 있다. 그중에서도 인간의 입에서 나오는 소리는 상당하다. 말을 하지 않고 살 수는 없지만, 때와 장소를 가려서 해야 한다. 산에서만이라도 말이나 통화를 줄였으면 좋겠다. 참으로 어렵겠지만 말이다.

산에 오르면

늦더위가 아직 자리를 뜨지 않았다. 높아진 하늘은 여름이 가고 있다는 것을 넌지시 보여준다. 가까운 산을 찾았다. 9월이 가까워져서 그런지 하늘말나리꽃은 열매 맺기에 분주하다. 어느 이름 모를 꽃들은 벌써 시들하다. 멀리 크고 작은 봉우리들이 한눈에 들어온다.

대부분의 나이 많은 사람들은 자신의 인생사를 평탄했다고 자부하는 사람은 드물다. 나름대로 사연이 있고, 애환이 서려 있을 것이다. 인생을 흔히 굴곡진 산에 비유하기도 한다. 산에 올라 산맥과 봉우리를 살펴보면, 굽이굽이 뻗어 가는 산등성이와 산줄기 속에서 부침이 많았던 삶의 모습을 발견한다.

산 아래 고을고을마다 엔 사람들의 이야기들이 숨어 있고, 가슴 가슴마다에 얼룩진 삶의 편린이 자리하고 있을 것이다. 굽이지고 굽이진 산의 모습은 인생을 닮았다. 끊어질 듯 이어지고, 이어진 듯하면서도 굴절이 있는 산맥의 형태를 보고 있노라면 더욱 그렇다. 산처럼 적당히 굴곡진 삶을 살아가는 것도 나쁘지만은 않을 것 같다.

대부분의 사람은 정상을 정복하기 위하여 산에 오른다. 정상을 밟아야만 성취감을 느끼기 때문이다. 하지만 그 정상엔 아무것도 없다. 반기는 사람도 없고, 금은보화나 별천지가 펼쳐지는 것도 아니다. 그곳에 오래 머무를 수도 없다. 그저 하늘과 조금 가까워졌다는 것 외에는 아무것도 없다.

사람들은 높은 자리에 올라가기 위하여 애를 쓴다. 출세는 한 단계 더 오르려는 명예욕 일 수도 있고 성취감 일 수도 있다. 경쟁을 거쳐 정상에 올라서면 오로지 거기에는 자기 자신 혼자만이 존재한다. 고독과 외로움이 엄습한다.

오늘도 많은 사람들은 정상을 꿈꾼다. 목표를 잡고 생각하고 행동한다. 정상에 도달하는 과정은 중요하다. 과정이 남들로부터 좋은 평을 얻지 못한다면 의미가 퇴색한다. 정당하고 존중받을 수 있어야만, 진정한 의미의 정상 도달이라고 할 것이다.

지
리
산
세
석
평
전
의
꽃

천왕봉 오르는 일은 처음부터 녹록지 않았다. 산장에서 1박을 하였지만 산장에서 잠자는 데 익숙하지 않아서 밤을 지새웠다.

새벽 3시. 배낭을 챙겨 천왕봉 산행을 서두른다. 지난번 산행 때는 지친 나머지 올라갈 때 주변 초목이나 산유화를 감상할 엄두를 내지 못했다. 그 산행을 교훈 삼아, 이번 산행에서는 올라가면서부터 주변 풍경이나 피어있는 꽃들을 감상해 보기로 마음먹었다. 하지만 너무 이른 시간이라 어둠이 온 산을 에워싼 채 놓아주지 않는다. 헤드랜턴 불빛에 큰 나무만 언뜻언뜻 눈에 들어온다. 바위 틈이나 나무 아래 피어있는 꽃들은 볼 수도 없다. 정상까지 얼마나 남았는지 자꾸 거리표에 시선이 꽂히고, 정상이 어디쯤인지 산꼭대기 쪽으로 고개를 자주 쳐들기만 한다. 오르막 등산로로부터 벗나가지 않으려고 가쁜 숨을 몰아쉬기 바쁘다.

어둠 속 끝에 다다른 천왕봉! 어둠도 웅장한 지리산을 밤새도록 품고 있기가 힘에 겨웠는지 서서히 그 산세를 내어준다. 산길을 비춰주던 마지막 희미한 잔별들마저 사라지고, 멀리 굽이굽이 이어지는 산과 시원스럽게 펼쳐진 계곡들의 모습이 한눈에 들어온다. 골골마다 제 나름의 삶을 살아가는 사람들의 희비애환喜悲哀歡이 구름이 되어 피어오른다.

점점이 자리 잡은 산봉우리들은 천왕봉보다 높게 솟아 보려고 기나긴 세월에 걸쳐 온 힘을 쏟았지만 힘이 달린 듯이 보인다. 이제는 풀이 죽었는지, 후일을 도모하는지 운해 속에서 고요히 아침을 맞이한다. 수천만 년 동안 저

많은 준봉峻峰들의 도전을 물리쳐온 천왕봉이 위엄스럽게 다가온다.

세석평전으로 발길을 돌린다. 야생화들이 멋있는 자태를 뽐낸다. 고산지대라서 그런지 구월이 제철인 구절초가 벌써 청초하게 피어나 해맑게 웃는다. 꽃 모양은 강아지풀을 닮았고 색깔이 분홍으로 물든 산오이풀, 잔대꽃과 비슷해서 그 꽃과 구별하기 힘든 모싯대꽃, 뿌리에서 노루오줌 같은 냄새가 난다 해서 이름이 붙여진 연분홍의 노루오줌꽃, 그 줄기가 백일홍과 너무 흡사한 동자꽃 등이 산행 길을 반긴다.

모든 꽃은 고귀하다. 탐스럽지 않다고 해서, 키가 작다고 해서, 색깔이 화려하지 않다고 해서, 향기가 약하거나 없다고 해서, 피는 철이 다르다고 해서 홀대해서는 안된다. 그 어느 꽃이든 피기 위하여 혼신을 다하지 않은 꽃은 없다. 풍우한서風雨寒暑를 견디며 꽃을 피운다.

흐르는 물소리는 온갖 마음속의 티끌을 씻어내려는 듯 시원스럽게 들린다. 생의 환희를 목청껏 노래하는 새들의 하모니가 숲속에 가득하다. 또한 멀리 푸른 하늘에 피어오르는 뭉게구름도 선연鮮姸하다. 그늘진 계곡에서 꿋꿋하게 핀 이름 모를 꽃들과 기개를 뽐내듯이 하늘을 향해 뻗은 나무들이 대견스럽다. 자기네들의 예쁜 모습을 봐달라고 고개 내밀고 기다리고 있을 세석평전의 꽃들이 눈에 밟힌다.

쏜살같은 세월의 저편에는

고향 앞의 버드나무

'버들 방천'이라는 말이 있다. 버드나무가 늘어서 있는 강둑이나 냇가를 일컫는 표현이다. 그런 정경이 시골의 한가롭고 아늑한 모습의 전형이라고 하면 지나친 것일까. 서울에 살면서 한강에 나갈 때마다 둑에도 우리나라 토종 버드나무를 심으면 참 멋있겠다는 생각을 해본 적이 많았다.

여름철 생각나는 시골 풍광 중에서 가장 대표적인 하나를 꼽으라고 한다면, 응당 고향 마을 앞의 버드나무가 아니었나 싶다. 한여름 무더위 속에서도 미풍에 살랑거리는 버드나무 잎들을 보노라면 덩달아 온몸이 시원해지는 것 같았다. 버드나무는 느티나무에 비해 그늘의 폭은 얼마 되지 않았지만, 그 시원함이 예사롭지 않았다.

대중가요 가사나 여러 시인들 소재를 보면 버드나무가 적잖이 등장한다. 버드나무는 음악과 깊은 연관이 있다. 예전 시골에선 힘들이지 않고 간단하게 버들피리와 보리피리를 만들어서 불었다. 소박했지만 멜로디를 낼 수 있었다. 버들피리는 버들강아지가 생길 무렵부터 만들 수 있고, 보리피리는 보리 이삭이 핀 4~5월 이후가 되어야 만들 수 있다.

버드나무 가지로 만든 호드기 소리는 봄철 겨우내 얼어붙었던 시골 사람들 마음을 감미로움과 함께 흥이 나게 한다. 동네 아이들은 밤늦게까지 호드기를 불면서 골목길을 누비고 다녔다. 그러고 보면 목관악기의 원조라 할 수 있는 호드기의 모태가 버드나무였던 것이다.

농어촌 지붕개량사업이 한창일 무렵 슬레이트를 지붕

에 얹을 때 받침목으로서 버드나무를 많이 사용했다. 당시 시골의 필수품이었던 성냥개비 재료로도 이용하였다. 그 후 버드나무 쓰임새를 새로이 찾지 못하자 버드나무가 논밭을 그늘지게 한다고 그 나무를 제거해 버렸다. 그 여파로 뜨거운 여름날을 아랑곳하지 않고 버드나무에서 울어대던 참매미의 그 시원스럽던 울음마저 들을 수 없게 되었다.

어느샌가 우리들은 들판이나 강가나 냇가에 버드나무가 늘어서 있는 자연이 선사한 평화로운 풍경을 잃어버렸다. 늘 정겹게 반겨주고 손짓하던 버드나무 모습도 이제는 아련한 추억의 한 장면이 되었다.

비에 젖은 느티나무

고향에 내리는 비에 젖으면 추억에 젖게 되고, 타향에 내리는 비에 젖으면 향수에 젖게 되는 것 같다. 비가 오는 동안은 삶을 되돌아보게 하는 소중한 성찰의 시간이 되기도 한다.

제자리에 서 있는 나무도 비에 젖는 시간만큼은 스스로의 이력을 되뇌는 때 일 지도 모른다. 오래된 노거수일수록 수 세월 동안 쌓인 전설과 사연으로 깊은 사색에 잠기지 않을 수 없을 것이다.

비가 내리는 가운데 고향 마을을 들렀다. 동네 서쪽 언덕에 비를 맞으며 외롭게 서 있는 느티나무가 눈에 들어온다. 예전에 그 나무 밑에서 놀던 일이 생각나 느티나무를 찾았다. 간간이 흩뿌리며 내리는 비를 바라보며 잠시 회상에 잠긴다.

느티나무 밑에서 작열하는 혹서의 태양을 가릴 수 있었다. 아무리 뜨거운 한여름 열기도 느티나무 아래서는 맥을 추지 못했다. 어른 아이 할 것 없이 느티나무 아래로 모여들었다. 밤이 찾아오면 노래와 연주의 향연이 펼쳐졌다. 모기와 씨름하는 밤이었지만 다들 노래 곡조에 흠뻑 빠져 모기 따위는 안중에도 없었다. 마을에 불빛이 하나둘씩 꺼져 가고 노래가 졸음과 뒤섞여 흥얼거릴 때쯤에야 느티나무도 잠을 청할 수가 있었다.

찬바람이 불기 시작하면 느티나무는 여름 내내 번잡했던 시간에서 벗어나 깊은 정적의 길에 들어선다. 약하게 부는 바람에도 가지를 부르르 떨뿐이었다.

흐르는 세월에 느티나무 줄기는 바람에 부대끼고 비에 젖어 검게 변했다. 세파를 잊은 듯한 이파리는 빗물을 머금은 채 반짝거렸다. 마을 사람들로 붐볐던 느티나무 아래는 온갖 잡풀만 무성하였다.

느티나무는 자신에게 깃든 마을의 수많은 사연을 말하려면 끝이 없을 것이다. 천수를 다해 마을을 떠난 사람들, 잘 살아보려고 타지로 떠난 사람들, 혼인을 하여 부모님을 떠난 사람들, 사업에 실패하고 고향으로 돌아온 사람들 등등 긴 운명 탓에 수많은 이별과 만남을 목도했지만 아픔이나 기쁨을 내색하지 않았다. 그렇게 고향의 느티나무에게는 오랜 세월 묵묵히 버텨온 초연超然함이 있고, 넓은 품으로 가려주고 품어주는 거연巨然함이 있고, 흔들리지 않는 의연毅然함이 있었다.

비에 젖은 고향의 느티나무는 간간이 부는 옅은 바람에 가녀린 잎만 가느다랗게 떨고 있다. 그때를 기억이나 하고 있을까. 무심한 세월을 느끼기라도 하고 있을까.

부모님은 오래전에 밭에다 밤나무를 심으셨다. 가을이 되면 박스에 가득 담은 알밤을 택배로 보내 주셨다. 그 밤을 부치고 집으로 돌아가는 때는 아마도 저녁노을이 아름다운 저녁이었으리라.

지금은 시골의 밤을 부쳐줄 이가 없어서 한동안 밤을 잊고 살았다. 어린 시절 이후 오랜만에 밤을 주우러 갔다. 제법 알밤이 많이 떨어져 있었다. 밤송이 가시에 찔리기도 했지만 밤 줍는 재미에 이내 묻혀버렸다. 개량 밤이라 알은 굵었다. 밤나무는 제대로 관리가 되지 않아 제 멋대로 웃자라 있었다.

개량 밤이 보급되기 전, 시골에서는 토종 밤이 흔했다. 토종 밤은 밤톨은 작아도 고소하고 맛이 좋았다. 알밤을 주우러 갈 때면 어머니는 밤송이에 머리를 맞을까 봐 바가지를 준비해 주셨다. 가끔 떨어지는 밤송이로부터 머리를 피할 수 있었지만 손등이라도 맞았다 하면 그 쓰라림과 괴로움은 적지 않았다.

돌아오는 길에 저녁놀이 멋있게 펼쳐져 있었다. 저녁놀이 생기는 무렵이면 멧새들도 피곤했던 하루를 뒤로하고 둥지로 찾아든다. 먼저 둥지를 찾은 멧새는 잠자리를 고르느라 한창 뒤척일 때이기도 하다.

부모님은 논밭 일로 하루 종일 허리 한번 온전히 펴보지 못하시다가 서산에 해가 걸리고 저녁노을이 물들어 오면 저녁밥을 보챌 아이들을 떠올렸을 것이다. 그제야 허리를 펴고 하루 일을 접어야 하는 시간인 줄로 알았을 것이다. 짙게 드리우는 땅거미는 그 걸음을 더욱 재촉하게 하였을 것이다.

노을은 하루 동안 분주했던 태양의 흔적이다. 흔적이 아름답지 못하면 유종有終의 추醜가 된다. 노을은 뜨거운 하루가 있었기 때문에 가능하다. 노을은 겨울보다는 한낮이 뜨거움으로 가득했던 여름이 더 아름답게 보이는 듯하다. 노을은 하루의 끝자락에 존재를 드러내지만, 그 함축된 미美는 정녕 그 끄트머리에 머물지 않는다.

노을을 쳐다보면서 부모님이 생각난다. 자나 깨나 자녀들 잘 되기를 기원했고, 당신들의 건강보다 아들딸의 건강을 노심초사했다. 그 부모님들의 심정이 저녁노을로 변해 서녘 하늘을 붉게 물 들이고 있는 듯하다. 얼마나 애를 태웠으면 지금까지도 저 석양 속에서 애타 오르고 있을까.

엄마야 누나야, 강변 살자.
뜰에는 반짝이는 금모래 빛
뒷문 밖에는 갈잎의 노래
엄마야 누나야, 강변 살자

　강변에 살면 봄이면 버들강아지 재롱과 물 위에 떠내
려오는 살구꽃잎을 볼 수 있어 좋다. 여름이면 강변 버드
나무 매미 소리를 들으며 미역을 감을 수 있어서 좋다. 가
을이면 물억새 사이로 부는 소슬바람 맞으며 모래밭을

실컷 달릴 수 있어 좋다. 겨울이면 별빛이 끝없이 쏟아지는 밤에 파리한 초승달 아래서, 머나먼 길을 떠나온 겨울 철새들과 친구할 수 있어서 좋다.

어릴 적 추억이 생각나 순수를 노래하면서 강을 구경하고 싶어졌다.

초겨울을 맞아 추위 탓인지 갈대가 속살거리고, 냉기 서린 햇살을 머금은 모래는 옥을 입힌 수수알처럼 빛나고 있었다. 갈대숲에 덩그러니 남아있는 빈 둥지는 새끼들을 위해 부지런했을 어미 새와 새끼들의 몸짓을 생각나게 하였다.

강이 가장 아름다울 때는 잔물결이 반짝거리는 저녁 무렵이다. 강물이 석양빛에 휩싸여 금비늘이나 은비늘처럼 빛을 발하는 때이기 때문이다. 노을이 질 무렵의 강은 한없는 아련함과 사색 속으로 누군가를 이끌어 가려는 그 무엇이 자리 잡고 있다. 그 무렵의 강물은 마음속 깊은 곳에 있는 정체 모를 그리움까지 들추어내게 한다.

흘러가는 강물을 보고 있노라면 무심한 듯하기도 하

고, 본향을 찾아 유유히 길을 가는 성스러움이 있는 듯하
다. 막히면 돌아가고 파인 곳이 있으면 다 채운 연후에 서
두르지 않고 흐른다. 바다를 향한 긴 여정은 오늘도 내일
도 쉼이 없다. 그곳에 이르러서는 순수를 갈구하며 거대
한 침잠에 빠진다.

　강물은 지금도 함묵하며 바다로 길을 좇고 있다. 흐르
는 강물을 바라보면서, 삶을 강물에게 나지막이 물어보
지만 말없이 흘러만 간다.

울
타
리

　추억 속의 시골 첫 울타리는 싸리나무를 엮어서 만들
었다. 높이는 어른 배꼽 정도였다. 닭들은 그 밑을 후벼
파서 뚫고 가려다가 여의치 않으면 날개를 퍼덕여 울타
리를 훌쩍 날아 넘어가곤 하였다. 닭들은 그 울타리를 그
닥 대수롭지 않게 여겼지만, 송아지와 새끼 염소는 울타
리를 범하려 들지 않았다. 아직 어려서 그런지 가까이 다
가가서 이리저리 살피다가 어미가 부르면 어미한테로 부
리나케 달려가는 것이 전부였다.
　동네 사람들 모두가 싸리나무로 울타리를 만들다 보니

싸리나무가 귀해지기 시작했다. 그 후로 밤나무 가지를 촘촘하게 세워서 울타리를 만들었다. 밤나무 가지 울타리는 싸리나무 울타리에 비해서 튼튼했다. 하지만 어느 정도 시간이 지나면 밑동이 썩어 구멍이 생겼다. 울타리에 구멍이 커지면 울타리는 구실을 다하지 못했다. 구멍으로 이웃집 닭과 강아지가 시도 때도 없이 들락거렸다. 동네 사람들은 오다가다 울타리 너머로 인사를 건네기도 하고, 배추나 상추, 고추나 가지 등의 농사가 잘 됐다고 나눠주기도 하였다.

싸리나무나 밤나무 울타리는 가축들의 이동을 막고, 경계를 긋는 역할만 하는 것이 아니었다. 봄에 울타리 밑에다 호박, 수세미, 조롱박, 오이 등을 심어서 열매가 주렁주렁 열리면, 여름부터 가을까지 채소 열매 전람회 거치대 역할을 하였다. 빨래한 옷가지를 널어 말리는 천연 건조대 역할도 하였다. 맨드라미, 봉선화도 울타리를 병풍 삼아 한 시절을 보내던 곳이기도 하였다.

이따금 호랑나비도 쉬어가고, 배추흰나비도 배추밭을 향하다가 울타리 가지 끝에 머물면서 한 철뿐인 생에 대한 생각에 잠겨 보기도 하였다. 가을에는 고추잠자리가 맴을 돌다가 지치면 떼 지어 앉아서 가을 따사로운 햇살을 받으며 일광욕을 즐기기도 하였다.

탱자나무 울타리도 있었지만 가시 때문인지 집 울타리로는 거의 활용하지 않았다. 외국에서는 장미 나무로도 울타리를 만들었다고 한다. 장미 가시 때문에 나름대로 울타리 역할을 했을 것이다. 장미 나무 울타리는 꽃까지 감상할 수 있어서 일거양득의 효과를 누렸을 법하다.

세월이 흐르면서 돌담이 들어섰고 벽돌담도 등장했다. 높이에 있어서도 싸리나무나 밤나무에 비견할 바 아니었다. 두께도 두꺼워지고 틈새도 없어져서 길 가는 사람들이 엿보거나 넘겨보는 일은 어려워졌다. 방호와 은폐의 기능은 좋아졌는지 몰라도 호박, 조롱박, 오이 등이 풍성하게 매달려 있던 운치는 사라져 버렸다. 나비도 잠자리도 보기 힘들어졌고, 살금살금 구멍을 비집고 들어오던 이웃집 강아지의 잔망스럽던 모습도 볼 수 없게 되었다. 가볍게 주고받던 이웃 간의 눈인사와 얼굴 대하기도 쉽지 않게 되었다. 담이 계속 높아만 지는 듯하다. 사람

키보다 높아져서 누가 사는지, 사람이 살고 있기나 하는지조차 알 수 없게 되었다. 외부와의 소통은 두절되었다. 어떤 집 담장은 요새가 되어가는 모양새다. 전략적 목적에서 구축된 중세의 성이 되어간다.

태초부터 울타리는 없었을 것이다. 울타리가 생기기 시작하면서부터 사람 간의 경계심도 생겨났을 것이다. 경계는 불신을 내포한다. 그 불신이 불안을 초래하게 하여, 결국에는 성곽처럼 축조하게 된 듯하다. 세계도 민족주의니 보호무역이니 하면서 국가 간의 울타리를 높게 쌓고 있다. 국경은 차치하고라도 이런저런 이유로 울타리가 만들어지는 것은 환영할만 일은 아닌 듯하다.

마음의 울타리도 문제이다. 마음의 울타리가 두텁게 둘러쳐지게 되면 이기주의나 개인주의가 팽배해져서 사회성을 해칠 수 있다. 소통이 끊어진 사회는 삭막해질 수밖에 없다. 울타리가 지나쳐 인간성이 상실될지도 모르는 세상이 도래하고 있다. 그때서야 싸리나무나 밤나무 울타리 시절을 그리워한들 무슨 소용이 있겠는가.

어
스
름
한
저
녁
이
되
면

고요하고 어스름한 저녁이 이제는 사라진 것인가. 환한 가로등이 길을 비추고 많은 빌딩들은 불을 켠다. 한 치의 어스름도 용납하지 않으려는 듯하다. 전깃불이 보급되고부터 시골이든 도시이든 어스름한 저녁을 느낄 수 있는 분위기는 자취를 감췄다.

어스름한 저녁이면, 또렷했던 모습들이 어느새 어스름한 추상화처럼 변한다. 무언가가 어스름하거나 어렴풋하다면 좋지 않은 것일까. 그래서 사람들은 밝은 빛을 선호

하는 것일까. 얼마나 선명해야만 하는 것일까.

시골에 전깃불이 들어오기 전, 하루 일이 끝나고 석양마저 사라지고 나면 어김없이 어스름한 지녁이 찾아왔다. 낮과 밤의 중간인, 그런 저녁이 싫지 않았다. 마을에 아직 석유 등잔불이 켜지기 전에, 동구 밖이 어둠에 잠기기 전에, 낮과 밤의 경계에 펼쳐지는 희미한 정경은 미지의 세계로 빠져들게 했기 때문이었다.

낮에 일을 못다 한 사람은 어스름한 저녁이 찾아오면 아쉬움이 남았을 것이고 일을 끝마친 사람은 그런 저녁이 오면 홀가분해 기분이 좋았을 것이다. 아쉬움과 뿌듯함이 교차하는 시간이 어스름한 저녁이기도 하였다.

아득한 옛날, 인류는 낮과 밤의 존재를 그대로 받아들였을 것이다. 불이 출현하기 전이라서 낮에는 활동하고 밤에는 휴식을 취했을 것이다. 밤에는 볼 수 없으니 수렵을 할 수도, 열매를 채집할 수도 없었을 것이다. 다만 야음을 틈타서 맹수가 공격할 수 있어서 밤이 썩 내키지 않았을 수도 있다.

어려서는 낮과 밤의 호불호를 말해 보라고 하면 둘 다 싫었다. 낮에는 가만히 있을 수 없어서 싫었고, 밤에는 어쩔 수 없이 잠을 자야 했기 때문에 싫었다. 낮에는 일거리들이 눈에 너무 많이 들어와서 싫었고, 밤에는 모든 것들이 눈에 보이지 않게 되어 불안감 때문에 싫었다.

낮과 밤의 중간 영역인 어스름한 저녁때가 마음이 편했다. 남포등에 불을 켜고 온 식구가 들러 앉아 도란도란 얘기 나누며 저녁밥을 먹을 때도 어스름한 저녁이었다. 환하게 밝은 전등불 밑보다 남폿불 아래서 보이는 어렴풋한 모습들이 정겹고 다정스러웠다. 그 남폿불은 요즈음 밝게 비추는 형광 불빛과는 사뭇 다른 분위기를 자아냈다.

가끔은 어렴풋한 사람 모습이 좋을 때가 있다. 그 어렴풋한 모습을 가장 잘 목도하기 좋은 때가 어스름한 저녁이다. 가까이보다는 어느 정도 거리를 두면서 흐릿하게 보일 때가 더 정감이 가는 듯했기 때문이다. 세상이 너무 밝아지고 선명한 모습들이 흔해지다 보니 적당히 희미하고 어슴푸레한 모습이 역설적으로 그리워진다. 분명한 모습을 보고 나면 그리움이 흩어지는 것 같고, 기다림이 사라지는 것 같아서다.

백과 흑이 싫증 나면 중간색인 회색이 어느 순간에 좋아지듯이 사람이 때로는 중간인 듯한, 겸손하면서도 어리숙한 사람이 좋아질 때가 있다. 그 회색 느낌이 진하게 묻어나는 때도 다름 아닌 어스름한 저녁이다. 너무 잘난 체하거나 너무 모자란 사람이 아닌 중간이라 할 수 있는, 어수룩하게 보이는 사람이 정이 가고 친해지고픈 생각이 드는 것이다. 어스름하다는 것은 깊은 어둠에 빠져들지 않았다는 것이요, 희미하나마 밝음이 남아 있다는 점에서 의미가 있다. 차가움과 뜨거움도 아닌 중간인 '포근함' 처럼.

요즈음은 어스름한 저녁은 설자리를 잃고 말았다. 어스름이 엷게 드리운 저녁, 친한 친구와 허름한 대폿집에서, 배추김치에 막걸리 잔을 기울이며 못다 한 얘기 나누고 싶어도, 어스름한 저녁 맞이하기가 힘들어진 탓에 이제는 마음속에서만 그려 볼 뿐이다.

전
기
의
전
성
시
대

　원시사회에서는 주로 인력을 활용하여 의식주를 해결
하였다. 고대사회는 진전된 자연력, 도구, 가축 등을 이
용하여 사회생활을 영위하였고 중세에 들어와서도 자연
력을 활발하게 활용하여 수력이나 풍력을 이용한 방앗간
등 체계화된 동력을 사용하기 시작했다. 근대사회로 넘
어와서는 자연력을 변화시키거나 기계화를 통하여 한층
더 앞선 동력을 활용하는 시기가 되었다. 동력은 주로 1
차 에너지 위주였다.

　이후 2차 에너지에 속하는 전기의 등장으로 우리 사회

는 대변화의 시대로 옮겨갔다. 1차 에너지를 동력으로 삼았던 시대에는 그 에너지가 산업이나 사회 전반에 걸쳐 이용되지 못했다. 내연기관, 증기기관, 교통과 기계산업 등에 한정되었다. 하지만 전기가 등장하면서 기계산업뿐만 아니라 거주문화에도 지대한 영향을 미쳤다. 전기를 사용하다 보니 사회 전반의 삶이 육체적으로나 정신적으로 여유로워졌다. 전기는 현대 모든 분야에서 큰 변천을 이끌었고 필수적인 요소가 되어 버렸다.

전기는 인류의 많은 것을 바꿔 놓았다. 가정에서부터 사무실, 공장, 교통, 건설 등 산업 전반에 걸쳐서 큰 변화를 가져왔고 앞으로도 계속될 것이다. 다가오고 있는 4차 산업도 전기 없이는 한 발자국도 나아갈 수 없다. 전기 사용을 바탕으로 하고 있기 때문이다.

예전 어머니가 힘들게 일했던 가사일은 전기가 해주고 있다. 여름에 밥이 쉬지 않도록 대바구니를 만들어서 처마 밑에 걸어두곤 하였던 것이 이제는 냉장고가 그 역할을 해 주고 있다. 어둠을 밝혔던 등불도 전기가 대신하고 있다. 태엽을 감아서 듣던 축음기도, 기다란 두레

박을 이용하여 물 긷던 우물도 전기를 활용하는 시대가
된 것이다.

여름의 경우, 부채를 부치면서 더위를 식혔던 것도 선
풍기나 에어컨이 대신하고 있다. 잔치나 명절날, 솥뚜껑
을 거꾸로 걸어 놓고 숯불 지펴가며 부침개 부치던 것도,
맷돌을 돌려가며 두부를 만들었던 것도, 식사때 늦게 오
는 식구를 위하여 놋그릇에 담긴 밥을 이불로 감싸서 아
랫목에다 묻어놓던 것도 지금은 전기 부침개, 전기 믹서,
전기밥솥이 그 역할을 떠맡아 하기에 이르렀다.

모기가 득실거리던 여름날 밤, 적당히 말린 풀과 생짜
풀을 뒤섞어 피우던 모깃불도 전자모기향이 해주고 있
고, 가을이 오면 지붕이나 마당에 빨갛게 널린 채 원색의
풍경을 자랑하던 고추 말리기도 전기 건조기가 대신하고
있다. 스위치 하나 켜면 작동하는 커다란 전기 모터가 적
잖은 사연과 시골 낭만을 전해주던 물레방앗간을 사라지
게 하였다. 어머니가 밤새워 베를 짜서 마름질하던 수고
로움도 전기 방적기와 전기 재봉틀이 다 해주고 있다.

고층 빌딩과 아파트 생활이 가능하게 된 것도 전기로 작동되는 엘리베이터와 옥상까지 뿜어 올리는 수돗물용 전기모터 덕분이다. 그 밖에 컴퓨터, 고속도로 하이패스, 교통 신호등, 전철 등 전기 없이는 운용할 수 없는 것들이 너무나 많다.

한때 마을 회관에 설치된 동네 대표전화를 위하여 마을 앞 신작로에 전봇대와 전신주가 늘어서 있었다. 서울에 있는 자식들에게서 전화라도 오는 날이면 동네 이장이 얼른 와서 전화받으라고 방송을 하였다. 전화를 받으려 맨발로 뛰쳐나오는 것은 예사였고 급한 나머지 돌부리에 걸려 넘어지는 경우도 많았다. 그래도 편지가 아니고 오매불망 기다리던 자식들의 목소리를 직접 들을 수 있었으니 이보다 귀한 일이 또 있었겠는가. 이런 모습도 전기 없이는 불가능한 것이었다. 세월이 흘러 전기를 저장한 배터리 등장으로 대다수 사람들이 휴대전화를 가지고 있다 보니 그 반갑게 받았던 전화 목소리도 이제는 수시로 듣는 시절이 돼버렸다.

장차 전기 배터리로 작동하는 인공지능AI까지 출현한

다고 한다. 인공지능으로 무장한 로봇까지 만들어지게 된다면 인간은 괜찮을 것인가. 기대 반 걱정 반이 되는 것은 왜일까. 먼 훗날 전기가 인류에게 극선의 혜택이 될 것인지, 극악의 산물이 될 것인지는 인류에게 달렸다.

전기는 크게 세 가지 정도의 성질이 이용되고 있다. 먼저, 전기는 전자기력을 이용하여 모터를 돌리는 일을 하고 있다. 전기 모터의 메커니즘은 발전소에서 발전기가 발전하는 기능의 역逆이다. 발전소가 자기력을 이용하여 전기를 만들어 낸다면 그 반대로 전기 모터는 그 전기를 바탕으로 회전력을 얻고 전기를 소모하는 것이다. 공장기기와 가전기기 대부분이 크거나 작은 전기모터를 활용하고 있다.

두 번째로 전기 흐름의 유무를 이용하는 것인데 대표적인 것이 반도체 분야이다. 이진법이 0과 1만 있듯이 어떤 회로에 전기가 흐르면 1이고 흐르지 않으면 0이 되는 이치와 같은 것이다. 이것을 기본으로 하여 전자계산기가 발명되었고 디지털 세계의 주된 원리가 되었다.

세 번째로 빛과 열을 활용하는 것이다. 백열전구처럼 도선에 저항을 높여 빛을 발하게 하여 그것을 활용하는 것이고, 형광등이나 LED처럼 형광물질이나 유기 발광물질에 전자를 작용시켜 그 빛을 이용하는 것이다. 모든 도체는 저항을 높이게 되면 빛과 함께 열을 발생하게 되는데 전열 기기는 그 열을 이용한 것이다.

모든 물질의 기본인 원자는 양성자, 중성자, 전자 등 미세한 입자로 구성되어 있다. 그 원자가 두 개 이상 결합하면 분자가 된다. 분자가 되어서야 비로소 물질의 특성이 나타난다. 전기의 핵심은 전자의 움직임이다. 전자는 원자의 구성 입자이며 그 질량은 극히 미미하다. 분자를 이루고 있던 전자가 자기력을 받으면, 그 전자가 이동하는 현상이 발생하게 된다. 이렇게 전자를 이동시켜 만들어진 것이 전기이며 그 힘이 전력인 것이다. 인간의 신체도 무수한 분자로 이루어져 있으며 눈에 보이지 않지만 전자가 항상 움직이고 있다. 그중에서 분자를 이탈한 전자가 생겨나게 되는데 이들을 자유전자라고 부른다. 정전기가 한 예다. 이동하는 자유전자가 없었다면 전기는 발견되지 않았을 것이다.

전기는 쓰면 쓸수록 편리함이 더해져서 한없이 사용하게 된다. 전기료만 부담이 되지 않는다면 한없이 쓸 수도 있게 된다. 전기는 엄밀히 말하면 일반 상품의 특성을 가지고 있지 않다. 전기는 일을 해주는 일꾼인 것이다. 제조된 상품이라면 재고 처리가 가능하지만 전기는 그럴 수 없다. 근로자의 하루 일과를 교환이나 재고 처리를 할 수 없는 이치와 같은 것이다. 그래서 전기는 일의 단위인 '와트W'와 한 시간에 얼마만큼 일을 했는지 일률에 해당하는 '와트아우어Wh'를 사용한다. 전기료는 그 사용량을 계산한다.

전기는 눈에 띄지 않으면서 사람이 해야 할 일을 열심히 해준다. 그 덕분에 누구나 전기를 많이 쓰고 싶은 욕구가 생겨난다. 그러나 전기를 만들어 내서 일을 하게 하는 데는 한계가 있다. 전기를 일꾼으로 가정해 보면 바쁠 때 일꾼을 많이 써서 일거리를 처리해냈지만, 일거리가 줄어들면 그 일꾼들은 일거리 없이 놀아야 한다. 예컨대 여름철 냉방을 위해 전기를 과다하게 쓰는 시간에는 전기라는 일꾼이 많이 필요하지만, 무더위가 물러나면 전기라는 일꾼은 남아돌게 된다. 그 일꾼을 양성해내는 발전소도 할 일이 줄어들어 휴지休止할 수밖에 없다.

그렇다고 발전소를 건설하는 것 또한 입지여건, 환경 문제 등으로 쉽지 않다. 전기를 무한정 만들어 낼 수 없다 보니 전기를 무한하게 쓸 수 있는 것도 아니다. 이런 특성 때문에 어느 한 사람이 전기를 많이 사용하면 다른 어느 한 사람은 그만큼 못쓰게 된다. 게다가 전기를 생산하는 것만이 다가 아니다. 가정, 사무실, 공장 등으로 전기를 공급하려면 송전선로와 배전선로가 산을 넘고 물을 건너 거나 들판을 가로질러야 한다. 일부 지역에서는 그 선로 가 지나가는 것을 싫어하기도 한다. 이처럼 우리가 쓰고 있는 전기로 사회적 갈등이 일어나기도 한다.

전기는 사람이 해야 할 일을 해주고 있다. 좋게 말하면 고마운 면도 있지만, 한편으로는 사람의 일거리를 전기 라는 일꾼에게 빼앗기고 있는 형국이다. 머지않은 미래 에 전기가 인간의 일거리를 모두 다해버리는 시대가 오 면 인간은 무엇을 해야 하고 인간의 위상은 어떻게 변할 것인지 상상조차 할 수 없다.

벌써 그 징후가 나타나고 있는 듯하다. 앞으로 전기가

모든 것을 다해줄 경우 노동력이 불필요하게 될지도 모른다. 머지않아 인공지능을 장착한 로봇까지 등장하면 인류는 멸종하게 되는 것은 아닐까. 로봇이 모든 일을 처리해주다 보니, 사람이 필요 없게 될 것이고 사람 때문에 골치 썩힐 일이 없게 되기 때문이다. 진정 그런 시대가 도래한다면 인류에게는 크나큰 재앙이 아닐 수 없다. 어쩌면 '두뇌부頭腦部'는 조물주의 영역일 수 있다. 비록 인공 두뇌라 할지라도 말이다. 정녕 조물주의 노여움을 사게 되는 것은 아닌지 마음만 혼란스럽다.

삶이 짙어질수록 그리움도 짙어지고

고사리 꺾는 철이 돌아오면

　온갖 산나물 향연이 시작되는 초봄이다. 산 꿩이 봄날의 느즈러짐 속에 잊혀져가는 먼 기억을 되살리려는 듯이 온종일 울어댄다. 초록빛으로 물든 산자락에는 고사리, 취나물, 두릅 등이 한창이다. 이때가 되면 산나물 중에서도 맨땅을 헤치고 뭉실한 머리를 내미는 고사리를 제일 먼저 떠올리게 된다. 인간이 산모의 잉태에서 벗어나 머리를 내밀며 몸 밖 세상으로 나선 것처럼 고사리도 땅속에서 땅 밖으로 그 머리를 내밀었다는 점 때문에 그런 것은 아니다. 다름 아니라 어머니가 고사리를 꺾어 온

날 밤에 소년을 낳으셔서 그렇다.

자연이 계절마다 주는 먹거리 혜택은 다양하다. 그 가운데서도 봄이 베푸는 먹거리 또한 유난히 소홀히 할 수는 없는 세월이 있었다. 그 시절 시골 봄철의 흔한 일상은 산나물 채취였다. 어머니는 거의 매일 봄날의 나른함을 떨칠 겨를이 없으셨다. 지친 몸을 다그치면서 더 많이 뜯으려고 세암뒤, 송림, 토산박골 등 깊은 산골에까지 가는 것은 다반사였다.

어머니는 고사리, 취나물, 두릅, 제부나물 등을 사방이 어둑해져 가는 시각까지 뜯으셨다. 그날 뜯은 산나물 보따리를 등에 메고 머리에 인 채, 대문을 들어와서는 한숨 돌리기가 무섭게 그 보따리를 마루에 펼쳐 놓곤 하셨다. 그렇게 하지 않으면 보따리에 짓눌러 넣다시피 한 나물들이 상할 수 있었다. 애써 뜯어온 산나물이 변질이라도 된다면 하루 동안 노력이 헛수고가 된다.

나물은 때를 놓치면 거칠어진다. 먹을거리로부터 멀어진다. 어머니는 그다음 날도 나물 뜯으러 가는 길을 서두르셨다. 하지만 집을 나서기 전에 해야 할 일들이 많으셨다. 전날 뜯어온 고사리를 삶아서 덕석에 말려야 하셨다. 애들이 아무 데나 벗어던져 놓은 옷가지들도 빨래해야 하셨다. 그쯤이면 점심때가 다 되어갔다. 어머니는 찬밥 한 뭉치와 된장 한 덩어리를 삼베 보따리에 둘둘 말아서 그것을 허리춤에 매셨다. 다른 사람들이 다 뜯어가지는 않을까 하는 바쁜 마음으로 이내 산나물 걸음을 재촉하셨다.

상당히 많은 고사리를 큰솥에 삶아 말리고 나면 그 양은 얼마 되지 않았다. 양이 적다 보니 고사리를 꺾어서 돈버는 것이 힘들었다. 액수도 변변치 않았지만 그렇게라도 하는 것이 시골 아낙네들에게는 봄철에 돈을 만져보는 유일한 방법이었다. 고사리는 명절이나 가족 생일 때면 꼭 밥상에 나왔다. 애써 뜯어온 어머니 정성을 생각해서 그 고사리나물을 먹곤 하였다.

고사리를 꺾는 철인 생일 때가 되면 소년은 어머니 생각을 해 본 적이 많았다. '그때는 한창 고사리를 채취하는 철이다. 그것도 남보다 많이 꺾어야 할 시기다. 어머니 뱃속에는 새 생명의 핏덩이까지 자리 잡고 있었다. 그 무거운 몸을 얼마나 힘들어하셨을까. 더구나 만삭이셨을 텐데…….'

고사리를 꺾는 봄철이 어김없이 찾아왔다. 올봄에는 때맞춰 비까지 내렸다. 봄비가 와서 고사리와 산나물이 꽤 튼실할 것 같다. 배가 불룩한 채로 한 개의 고사리라도 더 꺾으려고 거친 동네 뒷산을 오르내리느라 힘들어하셨을 어머니의 모습이 멀리 산기슭에서 어른거린다.

쌀
고
개

흰색에 대한 일반적인 느낌은 '깨끗하다' '순결하다' '순수하다' 등이 있다. 결혼식 때 신부가 입는 드레스나, 의사와 간호사가 입는 가운 역시 흰색이다. 흰 꽃이나 흰 눈을 볼 때도 그런 의미를 당연히 갖게 된다. 그러나 흰 것에 대해 씁쓰레한 회억回憶이 있는 사람이 흰색을 대할 때면 그 일반적인 의미와는 확연히 다른 이미지가 떠오르게 된다. 다름 아닌 흰색은 '수고스럽다'라는 의미로 다가온다. '수고스럽다'는 것은 말 그대로 흰색을 만들기 위해서 많은 고생이 수반된다는 뜻이다. 수고스럽다고 느끼게 된 데에는 예전 어머니가 흰색을 만들기 위하여 무진 애를 썼던 일들이 머릿속에 남아 있어서다.

어린 시절을 돌이켜보면 어머니는 밀가루가 백옥처럼 흰색이어야 한다는 신념을 가지고 계셨다. 한해 농사로 만들었던 밀가루가 다 떨어지는 이른 봄철, 가끔 부침개를 붙일 때 시장에서 판매하는 '중력분 밀가루'를 사용하셨다. 어머니는 그 '중력분 밀가루'의 흰색이 그토록 좋았는지, 여름에 밀 농사를 끝내고 항상 방앗간에 밀가루를 빻으러 가기만 하면 희게 만들려는 시도를 멈추지 않으셨다. 밀가루를 겨울눈처럼 하얗게 만들려고 방앗간 주인한테 남보다 서너 번을 더 분쇄기에 돌려달라고 사정하곤 하셨다. 하지만 아무리 용을 써서 희게 하려 해도 시장에서 파는 '중력분 밀가루' 색깔에는 턱없이 미치지 못했다. 저녁 늦게까지 방앗간에서 씨름한 밀가루를 가지고 칼국수를 끓이거나 찐빵을 만들어 놓아봤자 상당히 많이 섞인 미세한 밀기울 때문에 그 색깔은 늘 누르스름했다.

어머니는 보리쌀도 쌀처럼 하얗게 되어야 한다고 방앗

간에서 남보다 한두 번 더 도정을 하셨다. 그것을 집에 가져와서는, 어머니 생각에 희다고 생각할 때까지 절구통에 더 찧는 경우가 많으셨다.

보리는 수확하는 과정 자체가 수고롭다. 찬바람이 불기 시작하는 늦가을에 파종해야 한다. 추위가 도사리고 있는 정월에 언 손을 불어가며 서리 발로 들뜬 보리를 밟아 준다. 봄에는 뿌리내리기를 좋게 하기 위하여 북을 돋는다. 초여름 땡볕 아래서 쏟아지는 구슬땀 속에 보리를 베어야 한다. 보리 까끄라기가 온몸에 달라붙는 보리타작이라는 고초를 겪는다.

보리를 부드럽게 하기 위하여 여러 시간 방아를 찧어야 한다. 밥을 지을 때도 최소한 두 번 이상을 삶는다. 뜸도 오래 들여야 한다. 그 보리밥이 되기까지의 처절한 과정에 비해 보리밥 섭취의 결과는 허망하다. 근기가 없다. 먹은 후 두어 시간 지나고 나면 금방 허기가 뒤따라온다.

보리쌀은 쌀에 비해 색깔이 검은 편이다. 그것으로 지은 밥은 부드럽지도 않다. 여러 번 찧은 보리쌀로 갓 지은 보리밥은 얼른 보기에 쌀밥에 버금갈 정도로 흰색이 나긴 하지만 시간이 지나면 거무튀튀해진다. 쌀밥과는 견줄 바가 못 된다. 어느 시절에는 쌀밥과 보리밥이 그 집안의 사정을 가늠하는 상징적인 것이 되기도 했다.

어느 해 중학 시절 늦여름 일이다. 쌀독에 쌀이 예년보다 별로 없었다. '보릿고개'란 말이 있듯이 '쌀고개'를 겪게 된 것이다. 그때는 가을 햅쌀이 나오기까지 소년의 어머니는 밥 지을 때 보리쌀을 밑에 많이 깔고 그 위에다 쌀을 조금 얹으셨다. 밥에는 쌀이 눈에 띄게 줄어들고 말았다. 아버지 밥을 담아 드리고 나면 마치 보리쌀로만 지은 밥처럼 보였다.

소년은 도시락을 가지고 학교에 갔다. 점심시간이 되어 도시락 뚜껑을 열어 본 순간 낙담 그 자체였다. 온통 진회색 보리쌀만이 눈에 띄었다. 보리쌀이 쌀알을 흡수해 버린 듯했다. 밥 색깔도 유난히 거무스레해 보였다. 옆에 있는 짝꿍의 하얀 백옥 같은 도시락과 너무 대조가 되었다. 부끄러운 마음이 들어 괜스레 얼굴이 화끈거렸다. 얼른 도시락 뚜껑을 덮고 운동장으로 나갔다. 나무그늘에 앉아 멀리 흰 구름만 바라보았다.

　수업이 끝나고 집으로 왔다. 소년은 먹지 않은 도시락을 어머니께 건넸다. 그대로 남아있는 도시락을 보고 어머니는 깜짝 놀라셨다. 소년은 어머니의 표정 따위에는 아랑곳하지 않았다. 어머니는 그날 밤 보리쌀을 더 희게 만들기 위하여 자정이 가까워지도록 보리쌀을 절구통에 넣고 찧고 또 찧으셨다. 그날 저녁잠을 자려고 해도 어머니의 절구질 소리에 영 마음이 편치 않아 엎치락뒤치락 하다가 잠이 들고 말았다.

　소년은 다음날 어제보다 도시락의 보리밥 색깔이 그래도 다를 것이라고 생각했다. 어젯밤에 어머니가 힘들여 찧던 보리쌀이 아닌가. 어머니의 노고를 봐서라도 분명 그 빛깔이 쌀과 비슷해졌으리라 여겼다. 점심시간에 도시락 뚜껑을 열어 보았다. 어제 가져왔던 도시락과 별반 차이가 없었다. 짝꿍에게 쌀 방아를 미처 찧지 못해 쌀이 거의 없는 도시락을 싸왔다고 둘러댔다. 아무렇지 않은 듯이 그 도시락을 먹었다. 어제 밤늦도록 돌절구 통에 보리쌀 방아를 찧느라 고생했을 어머니를 생각하니 도시락을 먹지 않을 수 없었다.

소년은 학교가 파한 후 어머니에게 빈 도시락을 건넸
다. 그 빈 도시락을 보시더니 어머니는 기분이 좋은 눈치
셨다. 이제 어머니는 더욱더 보리쌀을 희게 하려 하실 것
이다. 밤새 보리쌀을 찧으실 어머니를 생각하니 마음이
편치 않았다. 소년은 그다음 날 점심 도시락으로 보리밥
보다는 밀개떡을 해달고 했다. 그것이 어머니의 수고를
더는 방법이었다. 그 다음날 밥 위에 찐 밀개떡을 도시락
으로 싸서 갔다. 반친구 녀석들 몇몇이 개떡이라고 놀렸
다. 하는 수없이 보리밥 도시락을 싸 가는 것으로 마음을
다시 굳혔다.

소년은 어머니께 보리쌀을 더 하얗게 만들려고 하지
말라고 하였다. 어머니의 노고를 덜기 위해서는 어쩔 수
없었다. 점심시간에 도시락을 먹을 때 가슴속에서 알 수
없는 뜨거운 기운이 목을 뜨겁게 달구었다. 그 뜨거움을
식히려고 찬 보리 밥알만 삼켰다. 눈시울도 까닭 없이 뜨
거워졌다. 어머니에게 한사코 보리쌀을 더 이상 하얗게
만들려고 애쓰지 마시라고 하였건만 어머니는 소년 모르

게 그 보리쌀을 군이 희게 하려고 절구질을 두서너 번 더 하셨다. 도시락의 보리밥 상태를 보면 알 수 있었다.

시골 길가에 있는 보리밭을 보았다. 오월 춘풍에 보리가 일렁거리고 있었다. 예전에 비해 요사이 보리농사를 하는 사람들이 드물어졌다. 보리밭이 반갑다. 보리밥 추억은 이제 아련한 그리움으로 변한 지 오래다. 지난날 보리밥 도시락 추억 때문인지 보리를 다시 대하고 보니 마음이 까닭 없이 일렁댄다. 보리밭 색깔은 푸름을 넘어 시퍼렇다. 보리밥 도시락을 희게 해 보려고 무던히 보리쌀을 짓찧었을 어머니 마음도 저토록 시퍼렇게 멍드셨을 것이다. 저 보리 쌀이 이제는 쌀보다 귀해졌다고 한다. 하늘에 계신 어머니가 그 얘기를 들으면 어떤 표정을 지으실까.

희미한 등불 하나

　조명 불빛 즐비한 세상 때문에 초승달, 보름달, 그믐달로 이어지는 달밤의 낭만이 사라져 버렸다.　으스름한 초승달 밤에 구름이 달을 가리려 치면 캄캄해지는 밤이 지레 무서웠는지 온 동네 개들이 유난히도 시끄럽게 짖어대서 잠을 설치기 일쑤였다. 둥근 보름달 밤에는 방안에 있기가 못내 아쉬워 동산에 올라가 달을 보며 앞날의 꿈을 그리곤 하였다. 그믐 달밤에는 달이 없어 일찍 어두워진다는 생각에 마음이 급해져서, 들에서 일하던 부모님과 함께 발걸음을 재촉하였다.

별똥별을 찾는다고 시간 가는 줄 모르고 밤하늘을 응시하던 일, 은하수에 정말 물이 흐르는지 혹시 은하수에 가뭄이 드는 날은 없는지를 살피던 일, 북쪽 하늘 큰 곰과 작은 곰에게 쫓기는 카시오페이아 왕비가 그 밤도 무사한 지를 밤마다 지켜보던 일 등등이 날로 더해가는 불빛 세상 때문에 이제는 먼 추억이 되어 버렸다.

어린 시절 어느 날 집으로부터 시오 리 길 정도에 있는 면 소재지 인근 친척 집에 심부름을 갔다. 그 집에서 놀다가 어느새 저녁 7시가 넘었다. 이미 막차도 끊어졌고 집에 갈 일이 걱정이 되기 시작했다. 친척 집에서는 자고 가라고 하지만 내키지 않았다. 친척 집을 나와 집으로 향했다. 마침 그때가 그믐밤이었다. 주변 마을은 어둠에 잠겨 있었고 몇몇 집에서 문틈으로 명주실같이 가느다란 불빛만이 새어 나오고 있었다.

대부분 남포등을 쓰고 있었다. 등잔불 기름 아낀다고 저녁밥 먹고 나면 일찍 잠에 들었다. 비포장 큰길은 희미한 윤곽만을 드러내고 있었다. 낮에 짙푸르던 벼논은 밤이 되니 질펀한 진흙 벌판처럼 검은색으로 변해 있었다.

사방이 온통 암흑 속이었다. 밤길을 한참 가야 한다. 무서움이 밀려오기 시작했다. 밤길이 겁나는 것은 주위가 어둡고 밤길에서 여우에게 해코지를 당하기도 하고 무서운 도깨비도 나타난다고 하였다. 이런저런 밤길에 얽힌 이야기들이 떠오른다. 홀로 걷는 밤길이 한층 더 무서워졌다. 몸마저 움츠러들었다.

집으로 가는 길에 백두 거리라는 곳이 있었다. 그곳에서 멀지 않은 곳에 공동묘지가 있다. 동쪽 편 마을로 가는 길옆 산비탈에 위치하였다. 그 공동묘지에서 도깨비불이 자주 나타난다고 동네 어른들로부터 심심치 않게 들었다. 공동묘지가 백두 거리에서 지척이다. 왕금이산이 그 백두 거리 앞을 가로막고 있다. 그곳은 후미져서 불빛을 볼 수 없는 곳이다. 마을 사람들도 백두 거리를 가장 무서워하였다. 더욱이 그믐밤이라서 큰길에는 다니는 사람마저 없어서 인기척도 들리지 않았다.

정신을 가다듬었다. 최대한 숨을 죽이며 걸었다. 밤길을 걸을 때는 절대 뒤돌아보지 말라는 어른들 얘기가 생각났다. 무서움을 쫓기 위하여 큰 소리로 노래도 불렀다.

앞만 보면서 뛰다시피 하였다. 옷이 땀으로 젖었다. 달리기는 어느 정도 자신이 있었으므로 정신없이 달렸다.

삼정리 다리를 건너면 약간 오르막 언덕이 있다. 그 언덕을 올라서면 사람들이 가장 무서워하는 백두 거리가 보인다. 숨이 차오르기 시작했다. 언덕을 넘어서자 백두 거리를 쳐다보았다. 왕금이산 아래에서 희미한 불빛 하나가 멀리서 빛나고 있었다. 남포등 불이라면 꽤나 밝았을 텐데 너무나 희미했다. 이리저리 움직이기까지 하였다.

백두 거리는 귀신과 도깨비가 자주 나타난다고 하였다. 예전에 이웃 동네 아저씨가 도깨비에 홀려서 혼이 났다는 곳이 왕금이산 기슭 백두 거리였다. 멀리서 보니 너무나 가느다란 희미한 불빛이 왔다갔다하고 있었다. 말로만 듣던 도깨비불을 목격한 것인가. 오싹함 때문에 발걸음을 멈추고 말았다. 더 이상 나아갈 수도 없다. 발길이 떨어지지 않는다. 온몸의 기운이 빠지는 듯했다. 여기서 주저앉으면 영락없이 도깨비에 홀리고 말 것이다. 거기에 귀신까지 나타난다면 어떻게 될 것인가. 친척 집에서 자고 오지 않은 것을 후회했다. 다시 친척 집으로 되돌아가는 것도 쉽지 않았다. 밤은 더욱 이슥해졌기 때문에 가다가 도깨비를 만나지 않는다는 보장도 없었다.

이대로 가만히 있을 수는 없었다. 정신을 가다듬고 죽기 아니면 까무러치기로 큰소리를 질러 보기로 마음먹었다. 젖 먹던 힘까지 다해서 소리쳤다. 말이 소리치는 것이지 생존본능에 기댄 절규나 마찬가지였다. 소리를 외치자마자 그곳에서 가느다랗게 음성이 들렸다. 꽤 멀었지만 조용한 밤이라서 그런지 그 소리를 들을 수 있었다. 아버지와 어머니 목소리였다. 평소 남의 집에서 자지 않은 다는 것을 알고 있었기 때문에 아버지와 어머니가 마중을 나오셨다. 그제서야 비로소 무서움으로부터 벗어날 수 있었다. 자신도 모르게 뛰기 시작했다. 멀리 어둠 속에 움직이는 물체가 보였다. 가까워져서 보니 부모님이 남포등을 들고 계셨다.

부모님을 뵙는 순간 이루 말할 수 없이 반가웠다. 이제껏 두껍게 에워쌌던 무서움이 안개 걷히듯 사라졌다. 무서움과 어둠을 동시에 탈출했다는 안도감이 찾아왔다. 겁이 나서 위축되었던 긴장감은 사라졌다. 곤두섰던 머리털도 제자리를 잡은 듯했다.

한숨을 돌린 후 왕금이산 밑의 백두 거리를 벗어났다. 멀리 양지바른 산록에 터 잡은 마을이 보였다. 마을에 유별나게 밝은 불빛 하나가 빛나고 있었다. 컴컴한 밤이라서 어느 집인지는 분간이 되지 않았다. 밤이 깊어서인지 동네는 깊은 어둠에 잠겨 조용했다. 한두 집에서 힘없이 문틈으로 가물거리는 불빛만이 눈에 잡혔다. 마을이 가까워지면서 자세히 보니 집 마루에 남포등 하나가 켜져 있었다. 부모님이 불을 켜 놓으셨다. 불을 켜놓고 누군가를 기다린다는 것은 무한한 애정의 표시이다.

문화생활을 하는 현대인은 불빛 홍수 속에서 살아가고 있다. 거리는 수많은 불빛으로 가득하다. 불빛이 너무 많은 세상이다. 누군가를 기다리는 데는 등불 하나면 족하지 않을까 싶다. 아버지와 어머니가 밤늦도록 켜놓고 기다리셨던 그 밤처럼…….

땅거미 속의 멧비둘기

고교 시절 일이다. 추석을 앞두고 있던 어느 가을 토요일 오후, 해는 서산마루를 향해 다가가고 있었고 해 질 녘이 머지않아선지 햇살은 따가움을 잃었다. 서두른 사람들은 연장을 지게에 걸친 채, 벌써 소를 몰고 집으로 돌아온다. 이웃집 아주머니는 호박, 가지, 고구마순 등이 가득 담긴 광주리를 머리에 인 채 잰걸음으로 날 저무는 들머리 길을 재촉했다.

아침나절에 읍내 장에 다녀온 어머니는 늦게 밭엘 가

셨다. 명절이 다가오고 있다. 게다가 가을걷이 철이다. 잠시 숨을 돌릴 새도 없이 서둘러 밭에 가신 모양이다. 밭은 동네에서 멀리 떨어져 있어 오가는 데 시간이 꽤 걸린다. 밭에 잡풀을 매러 다닐 때나, 거름을 나를 때를 비롯하여 수확을 해서 가져오는 일이 만만치 않았다.

어느새 해는 서산 등성이까지 떨어졌다. 땅거미는 벌써 마을 서편을 덮었다. 어머니가 늦으실 것 같다. 어머니는 고구마, 고추, 호박 등을 따오실 게 분명했다. 땅거미는 점점 길어졌다. 밭은 멀고 길은 좁고 꼬불꼬불하다. 꽤 외진 곳이다. 한시라도 빨리 어머니 머릿 짐을 덜어드려야 한다. 걸음을 성큼성큼 내디뎠다.

동네 어귀를 돌아서자 가을 냄새 물씬하다. 제법 땅거미가 커져 있었다. 골이 깊은 곳은 이미 어둑하였다.

멧비둘기는 땅거미가 진 산기슭에서 울고 있었다. 그 울음소리가 마음속을 파고든다. 초등학교 저학년 시절만 하더라도 저 울음소리가 멧비둘기 우는 소리인 줄을 몰랐다. 초등학교 고학년 되어서 그 울음소리에 대해 어머니께 여쭤보았다. 어머니는 그것은 멧비둘기가 우는 것이라고 하셨다. 어머니 답변을 듣자마자 아연실색할 수밖에 없었다. '저 소리가 산비둘기 울음소리라니. 그 순하디순하게 생긴 비둘기가 저토록 슬프게 울다니.' 한동안 어리둥절했다. 여태껏 멧비둘기 우는 모습을 본 적이 없었다. 막연하나마 예쁜 겉모습처럼 고운 소리로 울 것이라고 생각했다. 무척이나 당황했던 기억이 다시금 떠오른다.

아까보다 걸음을 더욱 서두른다. 더 어두워지기 전에 어머니 짐을 조금이라도 나눠서 가지고 오고 싶었다. 멀리 어스름 속에 어머니가 오시는 것이 눈에 들어왔다. 짐작했던 수확물을 잔뜩 머리에 인 채로 오고 계셨다. 그때까지도 어둠을 가르며 멧비둘기는 울고 있다. 집에 돌아와서도 땅거미 속에서 들려왔던 비둘기 울음소리가 들리는 듯했다.

어느새 이웃 도시에 있는 자취방으로 돌아갈 시간이 가까워졌다. 추수를 앞두서 분주한 때다. 주말마다 만사 제쳐 놓고, 어머니는 꼬박꼬박 조그만 항아리에 일주일 동안 먹을 김치를 담가서 주셨다. 이번 주는 다행히 고구마밭 이랑 사이에 심었던 무가 제법 자라서 좋아하는 무 김치를 가지고 갈 수 있다. 어머니께서도 여름철 동안 자취생 반찬거리 때문에 애를 먹었는데 무가 자라서 이제 한시름 놓게 되신 것이다.

여름철 시골 어느 집이든 채소로 된 반찬을 구경하기가 힘들었다. 무더위와 장마 때문이었다. 그래도 들깨는 그 무더위 장마 통에도 살아남았다. 깻잎무침이나 깻잎 겉절이, 깻잎절임 등이 한여름 반찬 대부분을 차지했다. 자취용 밥반찬으로 깻잎 김치만을 하루 세 번, 한 달 가까이 먹었더니 설사가 나고 말았다. 강한 성질의 깻잎을 오래 먹은 탓인지 배가 탈이 난 모양이다. 그 이후로 깻잎만 먹으면 배가 아파오는 증세가 생겨 버렸다.

배추나 무로 된 김치가 먹고 싶었지만 한여름 장마철이라 그럴 수 없었다. 긴 장마와 찜통더위에 채소가 제대로 뿌리내리지 못했다. 김장을 담글 무, 배추가 나오려면 한참 있어야 한다. 어머니는 종자로 쓰기 위해 남겨둔 콩으로 콩자반을 만들어 주셨다. 이 콩자반도 문제를 일으켰다. 매일 세 번, 일주일 이상 먹었었더니 소화가 잘되지 않았다. 뱃속도 편치 않았다. 결국 어머니는 주말마다 꽤 떨어진 읍내 장에 가서 제법 값이 나가는 김자반이나 멸치를 사 오셨다. 주말마다 번갈아 가며 반찬을 만들어 주셨다. 어머니에게는 여름철이 어쩌면 일 년 중 가장 힘든 시기였다. 농사일 때문이 아니라 그 찬거리 마련 때문이었다.

그 시절 많은 어머니들은 어려운 살림살이에 말 못할 사연이 많았다. 남편과 아들딸들의 뒷바라지가 힘들어도 속내 한번 털어놓지 못했다. 가슴으로 한을 삭였다. 비바람 불고 눈보라 몰아치는 세상 풍파를 온몸으로 막아 내며 살았다. 땅거미 속에서 우는 멧비둘기처럼 눈에 띄지 않는 데서 때때로 남몰래 눈물짓곤 하였다. 그러면서도 언제 그랬냐는 듯이 서둘러 눈물자국을 지워야 했다. 늘 멧비둘기같이 깨끗한 눈망울과 질박한 모습을 잃지 않으려 애썼다. 자식들 앞에서 약한 모습 보이기 싫어서 그랬을까.

소리 내어 운다는 것은 차라리 나은 편에 속한다. 소리 없이 그것도 속으로 울어야 하는 처지라면 그 심정을 무엇으로 대신하겠는가. 속으로 우는 사람들은 지금도 있을 것이다. 속으로 멍든 상처가 더 아프고 속으로 곪은 종기가 더 고통스러운 법이다.

가을 햇살이 따사롭다. 여름보다 가늘어진 햇살이 온 들녘에 가득하다. 어릴 적 가을 향기가 희미하게 풍겨 온다. 머지않아 옆 산에는 땅거미가 길게 내릴 것이다. 비둘기도 울지 모르겠다. 예전이면 한가위가 코앞이라서 사람들 손길이 무척 바빠졌을 텐데……. 가을걷이철을 맞아 별안간 어머니가 생각난다.

밤
나
무

  고향에는 밤나무가 많았다. 밤은 어지간하면 밤송이
하나에 세 개의 밤톨이 들어 있다. 밤나무는 주로 야산에
터 잡았다. 아무래도 밤나무는 가시 달린 밤송이 때문에
집 가까이 심어 놓기가 부담스러웠을 것이다. 밤은 밤송
이가 가시로 덮여 있더라도 다 익으면 저절로 떨어져서
수고를 덜어준다.

  밤나무 잎은 노르스름하게 단풍이 든다. 그 단풍이 은
행잎처럼 잎 전체가 제대로 노란색을 띠지 못한다. 일부

만 단풍이 드는 둥 마는 둥 하다가 떨어지고 만다. 나머지 잎들은 겨울이 올 때까지 말라버린 채 가지에 매달려 있다. 그 잎들은 떨어지기가 못내 아쉬웠는지 버티고 버티다가 겨울 삭풍이 불기 시작하면 그때서야 우수수 떨어지곤 했다.

밤나무는 '밤'이라는 글자가 들어가서 그런지 어둡다는 이미지를 떠올리게 한다. 줄기는 짙은 갈색을 띤다. 다른 나무와 비교했을 때 검은색이 도드라진다. 특히 여름밤에 밤나무 숲을 처다봤을 때 잎이 무성하고 줄기와 가지마저 검은색이어서 유난히 어두컴컴했다. 밤나무가 서 있는 모습 자체가 무서움을 자아내게 한다. 이런저런 이미지 때문에 밤나무라고 이름 붙여진 것은 아닌지 모르겠다.

밤나무의 밤톨은 알밤이 되기까지는 어두운 밤송이 안에서 적잖은 시간을 지내야 한다. 아기가 깜깜한 어머니 뱃속에서 열 달가량을 보낸 이치와 다르지 않다. 때가 되면 모체로부터 분리된다. 그 기제機制가 사람을 닮아서 가상하기까지 하다. 밤나무는 그런 면에서 다른 나무에게서 볼 수 없는 강한 모성애를 지닌 나무라고 할 수 있다. 알밤이 행여 나무를 잘 타는 짐승이나 새들에게 해코지를 당할까 봐 밤송이 껍데기에 억센 가시로 보호하면서 육아를 한다. 완전히 성숙하여 독립시킬만한 때가 되면 밤송이를 벌려서 비로소 그 알밤을 세상에 내보낸다.

밤은 쌀이나 보리쌀과 함께 밥을 지어먹어도 맛있다. 매일 먹어도 질리지 않는다. 그래서인지 사람들이 차례를 지낼 때 그 놓는 순서에 있어서 밤을 높게 쳐준다. 조(대추), 율(밤), 이(배), 시(감)이라 해서 밤이 대추 다음에 온다. 배나 감보다 앞선다. 그 이유를 굳이 따지지 않더라도 사람들은 예부터 밤을 귀하게 여겼다.

겨울에는 찬바람이 드세게 몰아친다. 그 밤은 길고 적적하다. 그 추운 날씨엔 오로지 집안에서 엄동설한의 긴 긴밤을 보낸다. 알밤은 그 무료함을 달래준다. 질화로에 밤이 익어가면 그 구수한 냄새는 차갑고, 어둡고, 적막한 동지섣달 밤을 짧게 해주었다.

아버지는 추석 무렵이면 자식들을 뒷산 밤나무 숲으로

데리고 가셨다. 몇몇 올밤 나무 밤송이는 이미 토실한 알밤을 떨구고 있었다. 아버지는 나무 밑에서 멀리 떨어지라고 주의를 준 다음, 밤나무에 올라가 나무를 흔들어 대셨다. 알밤과 더불어 미쳐 벌어지지 않은 밤송이들이 후드득 떨어졌다. 그 모습을 보고 환호성을 질렀다. 많이 주우려고 밤송이 가시에 찔려 손가락에 피가 맺혀도 아랑곳하지 않았다. 아버지는 흐뭇한 미소를 지은 채 정신없이 밤을 줍는 자식들의 모습을 바라만 보고 계셨다.

군것질거리가 변변하지 못한 시절이라 알밤 줍는 일은 커다란 즐거움이었다. 발로 밤송이를 비비거나 나무 꼬챙이로 그것을 벌려가며 알밤을 줍다 보면, 어느새 주머니가 불룩해졌다. 가을바람은 선선하게 불었다. 밤 줍느라 송골송골 맺힌 이마의 땀은 바람결에 씻어졌다. 모두들 뿌듯한 마음으로 돌아왔다.

찬바람이 부는 겨울이 오면 그때의 아버지 모습을 떠올리곤 한다. 밤 줍는 모습을 지켜보시며 지었던 그 미소를. 군밤 생각이 나면 골목 입구 군밤 장수에게로 간다. 고작해야 아이들에게 사 온 군밤을 먹이는 것이 전부다.

밤나무를 흔들어주면서 미소를 짓지 못하는 처지가 어쩌
면 아버지를 뛰어넘을 수 없는 이유일지도 모른다.

솔
바
람

양지바른 산기슭에 고향 마을이 있다. 남향이면서 전형적인 배산임수의 형태를 띠었다. 앞에는 들과 냇물이 있고 뒤에는 산으로 둘러싸였다. 산에는 소나무가 우거져 있다. 숲에서 바람이 불어오는 가을과 겨울이 되면 마을 뒤쪽에서 마을 쪽으로 솔바람이 불었다. 진한 솔향기까지 머금고 불어왔다. 솔바람은 소나무가 어려도 불지 않는다.

가을의 솔바람은 낙엽을 동반한다. 소슬하게 불었다.

겨울에는 이따금씩 새하얗게 날리는 눈발을 싣고 불어왔다. 가끔은 눈보라와 함께였다. 매섭게만 불지 않는다면 세차게 불어도 좋고, 약하게 불어도 좋았다. 솔바람이 불어올 때면 가을이 오는 것을 알았고 곧 추운 겨울이 시작된다는 것도 알게 되었다.

마을 뒷산에서 땔감을 마련해야 했던 시절, 솔바람은 땔감 한 지게 채우고 집으로 돌아가던, 서투른 나무꾼의 땀도 식혀주었다. 겨울 땔감 중에서 물거리가 최고다. 물거리는 솔가리, 거무작, 싸제비에 비해 생나무 다발이라서 퍽이나 무겁다. 이것이 마르면 화력이 좋다. 겨울에는 너도나도 물거리를 많이 장만했다. 집집마다 물거리를 벼 낟가리처럼 쌓아 놓는 일이 철 행사였고 자랑거리였다. 그 물거리 낟가리에도 저마다의 고단함을 달래준 솔바람이 묻어있었다.

설이 되면 어김없이 성묘를 다녀와야 했다. 아버지를 따라나선 성묘 길에서도 솔바람은 불고 있었다. 범우골, 도독골, 운암골에는 잔설이 녹지 않은 채 그대로였다. 그곳에서 불어오는 솔바람은 찬 기운까지 뒤섞여서 유난히

차가웠다. 성묘길이 멀다는 어린 투정에 아버지는 아무 말이 없으셨다. 솔바람이 이따금씩 불 때마다 아버지는 가벼운 헛기침만 하실 뿐이었다. 할아버지와 할머니 산소 앞에서도 말이 없으셨다. 쏴쏴 부는 솔바람 소리를 뒤로 한 채 아버지는 이 세상에서 취할 수 있는, 가장 진지하고 엄숙한 자세로 절을 올리셨다.

절이 끝나고 아버지는 잠시 눈을 반쯤 감은 채 생각에 잠기셨다. 솔바람이 점점 드세게 불기 시작했다. 아버지의 진중한 모습과는 달리 소년은 춥다는 생각만 들었다. 솔방울 하나가 솔바람에 떨어져서 아버지 발 앞에 뒹굴었다. 그제야 아버지는 옷을 훌훌 털고 일어나셨다. 돌아오는 산모롱이 길 가까이에 벌초를 하지 않아서 관리가 안된 어느 묘소가 있었다. 몇 년 전만 해도 벌초가 돼 있었다. 깔끔하게 보살핌을 받았던 묘였다. 아버지는 그 모습을 보고서 사람은 죽어서 산이 되는 경우가 있다고 하셨다. 평소 산을 좋아했던 아버지는 그 언젠가 나중에 산이 되고 싶다고 말씀하신 적이 있었다. 아버지는 그렇게 지난 세월 동안 집안의 대소사를 묵묵히 도맡아 챙겨 오셨다.

그때는 멀게만 느껴졌던 성묘 길이다. 이제 그 투정 부리던 소년은 성년이 되어 아버지와 어머니 묘소에서 커다란 침묵을 안고 홀로 절을 하고 있다. 속절없이 온몸을 감싸며 부는 솔바람은 예전과 변함이 없건마는…….

가을밤 달도 밝은데

가을밤에 달을 보고 허름한 기억, 흐릿한 그리움, 아련한 추억 하나쯤 간직하고 있지 않은 사람은 드물 것이다. 뒤늦게 길 떠나는 철새가 거뭇거뭇하게 달밤을 가로질러 갈 길을 서두르고, 청량하고 푸르스름한 달빛이 허허로운 들판에 녹아드는 밤이라면 더욱 그럴 것이리라.

어린 시절 어느 가을밤, 잠결에 들려오는 소리에 실눈을 떴다. 뭔가를 두드리는 소리다. 마당에서 들려온다. 시간을 짐작했을 때 자정은 넘은 듯했다. 문에는 창호지가 군데군데 덧붙여져 있다. 처마 끝을 빗긴 달빛이 그 문살 문에 아슴푸레하게 연닿고 있었다.

문을 열고 마루로 나왔다. 마당을 쳐다보니 어머니는 덕석을 깔아 놓고 콩 짚을 두드리고 계셨다. 주위를 둘러보았다. 밤이 깊어서인지 달빛은 은은했다. 그 달빛은 장독대에 부딪혀 하얗게 부서지고 있었다. 대문 옆 감나무에도 달빛은 촉촉하게 스며들어 잎들을 적신다. 달빛 일부는 땅으로 흘러내렸다. 마당 덕석 위에 널린 콩대 더미에도 달빛이 내려앉았다. 그 콩대는 원래 바탕이 그러해서 그런지 달빛을 받아도 거무스름함을 벗어나지 못했다.

처마 밑에 걸린 남폿불이 가물거리고 있었다. 졸고 있는 듯했다. 가을 추수철에 시골 사람들은 달빛 밝은 밤에 일을 하는 경우가 많았다. 가을걷이철에는 하루하루가 바쁜 나날이다. 보름달이 가까워지는 저녁이면 분주함은 더해 간다. 집집마다 낮에 못다 한 일을 하거나 다음날 사용할 농기구를 손질한다. 온 식구가 밤에 무언가 부지런을 부리는 것이 다반사였다.

그날 저녁도 어머니는 마당에서 전날 오후 밭에서 걷어온 콩을 두드리고 계셨다. 낮에는 시간 쪼개기가 어려워 달밤을 이용해 콩을 추스르셨다. 다음날 일을 생각해서라도 일찍 주무셔야 하건만, 금일 밤에도 달밤에 조그만 대나무 막대기를 가지고 콩 타작을 하셨다.

콩은 이른 아침이나 저녁 결에 타작을 할 필요가 있다. 콩을 거둠질하는 시간은 새벽이나 저녁나절을 택하지만, 저녁때보다는 주로 아침결에 콩을 거둔다. 가을 햇볕 내리쬐는 낮에는 콩을 타작하기 곤란하다. 콩깍지가 터지면서 콩이 사방팔방으로 튄다. 그걸 그러모으는 수고가 보통이 아니다.

봄이나 여름에 비해 가을이면 하늘은 무척 맑고 높아진다. 달빛도 휘영청하다. 어머니의 토닥거리는 소리에 잠은 달아난 지 오래다. 같이 콩을 두드리면서 깊어가는 가을밤의 달을 감상하는 재미도 괜찮았다. 어머니는 분위기가 적적하였던지 여러 가지 말씀을 해 주셨다. 옥토끼와 계수나무 이야기도 들려주셨다. 어느새 달은 서쪽으로 꽤나 움직였다.

어머니와 함께 자려고 눈에 힘을 주면서 버텨 보았다. 그 토닥거리는 소리가 도리어 자장가로 들렸다. 그만 꿈나라로 가고 말았다. 그날 밤 가을 달은 알고 있었을 것이다. 어머니와 같이 잠을 자려 무진 애를 썼다는 것을……

달에는 토끼도 계수나무도 없다는 것이 밝혀졌다. 하지만 어머니가 그날 밤 들려주셨던 얘기가 진실이라는 것을 마음속에 깊이 담아 둔 채 지금도 굳게 믿고 싶다. 돌이켜봐도 어머니 말씀은 이 세상에서 가장 소중한 진리였다. 먼 훗날 인류가 달나라에 가서 살게 된다면, 그때 계수나무 심고 토끼를 기르지 못하리라는 법이 어디 있는가.

무명
이
불

어린 시절 집안 식구들은 겨우내 무명 이불을 함께 덮으며 그 내음을 같이 했다. 그 하얗던 이불이 얼룩이 지고 진회색으로 변해도 이불을 덮으면서 가족 간의 정은 더 깊어지고 끈끈해져 갔다. 그 하얀 이불에 젖떼기 동생들의 그림 그릴 여백이 거의 없어져서 흰 색깔이 수명을 다할 때쯤이면 설날이 돌아오고 있었다. 어머니는 그 시기가 이불 빨래하는 적기라 생각하셨다.

이불 빨래는 손도 많이 가고 신경도 꽤 쓰인다. 마을

우물에서 이불빨래를 하면 눈총을 받기 십상이었다. 냇물로 가져가서 세탁하는 것이 속 편했다. 어머니는 매서운 겨울 칼바람을 뚫고 광주리에 빨랫감을 담아 냇가로 가셨다. 차디찬 냇물에 손을 담그고 흰 이불 천을 씻어야 하셨다.

어머니가 우물에서 이불 빨래를 하지 않는 데는 빨랫거리의 양도 양이지만 다른 이유가 있으셨다. 사소한 것일지라도 사생활이 노출될 수 있었다. 칭찬보다는 흉보는 일이 많았다. 이러쿵저러쿵 쓸데없는 구설수에 휘말릴 수도 있었다. 말도 많고 탈도 많은 뜬소문의 진원지가 마을 우물 터였다. 무명 이불은 손이 많이 가서 자주 빨래를 할 수도 없었다. 설이 되기 전까지는 임시방편으로 길지 않은 동지섣달 겨울 햇볕에 널어 말린 후에 다시 덮곤 하였다.

그해 겨울 들어 첫 이불빨래를 한 그날 저녁 새하얀 무명 이불이 방에 깔렸다. 너무 희디희다 보니 범접하기가 조심스러웠다. 깨끗한 것에 흔적을 남기거나 더럽히고 있다는 생각이 불쑥 찾아들어서다. 게다가 어머니가 찬 기운 가득한 냇가에서 한나절 넘게 힘들여 빨래를 한 수고가 생각나기도 해서 그랬다. 마치 아무도 걸은 적이 없는, 눈이 쌓인 길을 걸을 때면 괜스레 누군가에게 미안한 마음이 앞서는 것처럼.

그 겨울, 어머니가 애써 빨아서 풀을 먹인 무명 이불은 빳빳했다. 그래서 새로 빤 이불은 폭 감싸지는 맛이 없었다. 살갗에 와닿는 감촉은 뻣셨다. 바람이 스며드는 거 같았지만 이내 따뜻함이 온몸에 퍼졌다. 문풍지도 울었다. 뒷산 부엉이도 울었다. 그 겨울밤은 그렇게 깊어만 갔다. 쌓인 눈은 밤새도록 산과 들을 한기寒氣로 덮었지만 그 솜 이불은 가없는 어머니 사랑으로 덮었다.

지금도 하얀색의 넓은 천을 보면, 무명 이불보를 만들기 위하여 애를 쓴 어머니의 베 짜는 소리, 물레질 소리, 다듬이질 소리가 뒤섞여 들리는 듯하다. 세상을 살아갈 때 무명 베틀의 씨줄과 날줄처럼 서로 잘 어울려야 하고, 세상일이라는 것은 항상 물레처럼 돌고 도는 것이며, 힘든 일이 생기더라도 다듬이질처럼 잘 다듬으면서 살아가야 한다는 어머니의 말씀이 머릿속을 떠나지 않는다.

흩날리는 눈이 정겨워 창문을 열었다. 추위를 피하려는 눈송이 몇 개가 얼른 방안으로 들어왔다. 그 눈송이들을 쳐다본다. 눈발이 펄펄 찬바람에 휘날리던 날, 어머니가 냇가에서 무명 이불빨래하는 모습이 눈앞에 되살아난다. 고향 집 앞마당 빨랫줄에 걸린 새하얀 무명베가 아스라이 떠오른다.

어머니의 젖무덤과 흙무덤

    동짓달도 어느덧 보름이 지났다. 가랑잎 모는 바람이 하루하루 차가워지고 있고 한기 가득한 세상이 머지않다. 우리에게 고향은 삶의 온실이었다. 그 고향은 온기가 자리하거나 머무르는 곳도 다양하였다. 시골집의 부엌, 온돌방의 아랫목, 초등시절 조개탄이 타오르던 교실의 난로, 쇠죽을 쓰고 난 뒤 아궁이에서 갓 꺼낸 군고구마 등이 겨울의 찬 기운을 물리쳐 주었다. 그러나 그것들은 부모님의 한없는 포근함과 견주어 봤을 때 그 따뜻함은 한참이나 뒤처진다. 특히 어머니 품속의 따뜻함과는 비교가 되지 않는다. 마음이 아무리 추워도 고향의 어머니를 생각하는 것만으로도 금방 녹아내리는 자신을 발견하곤 하였기 때문이다. 그러고 보니 고향의 따뜻함의 원천은 곧 어머니 품속 바로 그곳이었다.

초등학교 어느 해 일이다. 기성회비 납부고지서를 담임 선생님이 종례 시간에 나누어 주었다. 납부 마감일을 꼭 지키라는 당부의 말씀이 어김없이 뒤따랐다. 지난 분기에도 늦게 낸 적이 있었다. 그 말이 왠지 부담스럽게 느껴졌다. 집에 돌아와 아버지께 고지서를 내보였다. 아버지의 맥없는 모습을 본 순간 소년은 마음이 영 편하지 못했다. 분명히 형도 이 시기에 기성회비를 내야 할 때다. 아버지 입장에서 보면 기성회비 마련이 집안 형편상 마음을 무겁게 할 수밖에 없었다.

마감일 다 되어 아버지에게 기성회비를 달라고 하였더니 내일 주겠다고 짧게 답변을 하셨다. 더 이상 물을 수가 없었다. 하루 정도는 괜찮을 거라고 생각했다. 학교로 향했다. 조회시간이 되었고 담임 선생님은 돈을 내지 못한 학생들을 불러서 세웠다. 다시 한번 명일까지 내라고 하였다. 다음 날 아침 아버지에게 기성회비를 달라고 하였지만 형 것부터 우선 마련하느라고 미처 준비를 못 하였다고 하셨다.

다음날도 기성회비를 내지 못했다. 선생님은 일일이 불러서 다음 주 월요일까지는 꼭 내라고 다시 한번 강하게 말하였다. 친구들이 보는 데서 일어서야 했다. 기분이 좋지 않았고 약속을 어긴 것이 창피하기도 하였다. 풀이 죽은 채 집에 돌아왔다. 아버지는 무슨 수를 써서라도 다음번에는 낼 수 있도록 해 보겠다고 하셨다.

그 월요일 날, '오늘은 기성회비를 낼 수 있을 것이다'라는 생각에 잠을 일찍 깼다. 아버지 약속을 굳게 믿고 있었다. 지금껏 급우들이 보는 앞에서 체면을 많이 깎였다. 그것에서 하루라도 빨리 벗어나고 싶었다. 어찌 된 일인지 아버지는 아직도 일어나지 않고 계셨다. 한참을 기다린 후에 아버지가 일어나 마루로 나오셨다. 묻지도 않았는데 아버지가 먼저 "오늘도 마련을 못했구나"라고 말하셨다.

벌써 세 번이나 약속을 어겼다. 다음에도 낸다는 보장이 없었다. 도저히 학교 갈 마음이 생기지 않았다. 어린 자존심에 큰 상처를 받은 상태였다. 학교 가기가 싫었다. 대문 근처에서 서성거렸다. 일단 오늘은 학교를 가라고 어머니가 달려와 달래기도 하셨다. 그 모습을 보다 못한 아버지는 부엌으로 달려가 부지깽이를 들고 쫓아오셨다. 그 순간 고집을 부려봤자 별 소득 없을 거란 생각이 들었다. 지금 없는 돈이 몇 분 만에 생길 리는 만무했다. 아버지를 말리는 어머니를 뒤로 한 채 학교로 떨어지지 않는 발길을 돌렸다.

학교가 끝난 후 집에 들어갈 마음이 생기지 않았다. 아버지를 마주하기 싫었다. 곧장 동산에 올라가 시간을 보냈다. 점심도 거른 상태였다. 날이 저물고 어스름이 내리깔렸다. 동네 집집마다 불이 켜지고 있었다. 멀리서 보니 식구들 모두가 온 동네를 헤집고 다니는 모습이 눈에 들어왔다. 당장에라도 집에 들어가야 하는 것은 아닌지 마음의 갈등이 밀물과 썰물이 되어 수없이 반복되었다. 아버지와 어머니 얼굴 모습도 수십 번 상영된 필름 영화처럼 눈앞에 어른거렸다. 특이 아버지의 표정은 수시로 바꿰는 듯하였다.

　밤이 깊어지자 으슬으슬해졌다. 밤공기는 점점 차가워
지고 밖에 있기가 힘들었다. 동네 기슭에 있는 이웃 아저
씨의 비닐하우스를 생각해 냈다. 거기로 향했다. 살금살
금 안으로 들어갔다. 그곳은 춥지 않았다. 다시금 생각해
보았다. 지금쯤 집으로 들어가는 것이 맞을 것 같았다.
하지만 아버지가 약속을 여러 번 어겨서인지, 일그러진
풋내기 자존심인지 모르지만 집에 들어가는 것을 무언가
가 계속 막아섰다. 걱정하고 있을 부모님은 뒤쪽으로 밀
려났다. 작은 자존심이 부모님을 향한 철없는 일인 시위
로 이어지게 했다.

　어느덧 자정이 넘은 듯했다. 어디선가 벌써 첫닭 우는
소리가 들리는 것 같았다. 벌써 첫닭이 울 시각이 아닌데
갈등과 피곤이 쌓인 나머지 헛들었을 것이라고 생각했
다. 비닐하우스 안이라고 하지만 그곳은 겨울 끝자락인
이른 봄의 냉기를 막아내지 못했다. 집으로 발길을 돌렸
다. 사방은 짙은 어둠 속에 잠겨 있었다. 동네는 고요하
였다. 대문 앞에 다다랐다. 집에는 불이 켜져 있었다. 집

안을 살펴보니 조용하기만 했다. 발소리를 최대한 죽이고 신발을 신은 채로 서쪽 편에 있는 작은방으로 들어갔다. 그 작은방은 고구마와 곡식을 주로 보관하고 잠자는 방으로는 사용하지 않았다.

방안 온기 때문인지 졸음이 몰려왔다. 잠깐 졸았다 싶었는데 문밖이 밝아지고 있었다. 가족들 깨기 전에 나와야 한다는 생각에 바삐 움직여 집을 나왔다. 꼭두식전이라 길 가는 사람들은 보이지 않았다. 이른 봄 날씨라서 새벽 기운은 제법 쌀쌀했다.

그날 저녁 아버지는 속이 상했는지 약주를 꽤 하시고 들어오셨다. 아버지도 약속을 어긴 것 때문에 속이 편치 못했던 모양이시다. 다음날도 집안 분위기로 보아서 아버지가 그 돈을 마련하지 못했을 것이라고 생각했다. 마을 앞에는 냇물이 흘렀다. 최근에 그 냇물을 가로질러 다리가 놓였다. 학교를 가는데 홍수 걱정 없이 다리만 건너면 되었다. 다리가 있기 전에는 징검다리가 있었다. 그때는 홍수가 나면 등교를 못하는 경우도 많았다. 마을 사람들은 이 다리를 통하지 않고서 읍내장이나 면사무소나

이웃 마을에 갈 수가 없다. 그 다리가 외지로 향하는 유일한 길목이었다. 사람을 만나려면 다리목에서 기다리면 되었다.

터벅터벅 땅만 보고 걸었다. 다리목 근처에 인기척이 있었다. 그곳을 쳐다보는 순간 어머니가 보였다. 꼭두새벽인데 어머니가 누군가를 기다리고 계셨다. 어머니가 밤새 여기서 기다린 건지 알 수가 없었다. 너무 뜻밖이라서 당혹스럽기까지 하였다. 두꺼운 옷을 걸치고 있는 것으로 봐서는 꽤 오래 기다린 것은 분명해 보였다. 그러나 그때까지도 알량한 자존심이 남아 있었다.

도망치듯 학교로 왔다. 오면서 어머니를 뿌리치고 온 자신의 행동에 대하여 심하게 자책하기도 하였다. 아들을 기다리느라고 거의 뜬눈으로 밤을 보냈을 어머니를 생각하니 괴롭기까지 하였다. 이제 어머니가 아들 행방을 아셨기 때문에 그나마 걱정은 덜었을 거라는데 스스로 위안을 삼았다.

맨 먼저 학교에 와본 것도 손에 꼽을 일이었다. 의자에 앉아 있으려니 심한 허기와 함께 어지러움이 느껴졌다. 전날 먹는 시늉만 낸 아침, 건너뛴 점심과 저녁 그리고 금일 아침을 못 먹어서인지, 아니면 잠을 설친 탓인지 가늠할 수 없었다. 수업은 귀에 들어오지도 않았다. 시간 가기만을 바랐다. 이윽고 종례시간이 되었다. 이상하게도 담임 선생님은 별말이 없었다. 그 후에 안 사실이지만 형이 대신해서 기성회비를 교무과에 냈다고 하였다.

귀가하는 도중에 갑자기 현기증이 몰려와 길섶에 쓰러지고 말았다. 마침 지나가던 동네 형이 등에 업고 집에다 데려다주었다. 이 소식에 놀란 어머니가 밭일을 하시다가 한걸음에 달려오셨고 미지근한 물을 먹인 후 마루에 누였다. 어머니는 쌀을 잘게 갈아서 죽을 끓이기 시작하셨다. 어머니는 소년이 쓰러진 이유가 굶어서 그럴 것이라고 생각하셨다. 어머니는 죽을 들고 와 소년을 가슴에 안고서 죽을 조금씩 먹이셨다. 그때 아기가 아닌 때에 처음으로 어머니 젖무덤의 감촉을 느껴볼 수 있었다. 그 촉감은 한없이 따뜻했고 세상 어느 비단보다도 보드라웠다.

세상에 태어날 때 첫 울음을 터트리며 맨 먼저 찾던 곳이고, 아기 때 배고파서 허겁지겁 더듬었던 곳이 어머니 젖무덤이다. 그곳의 온기는 어쩌면 이 세상에 한 인간을 존재하게 한, 숭고한 따뜻함의 연원이었다. 그때의 보드랍고 포근했던 어머니 젖무덤의 감촉은 숱하디숱한 시간이 흘렀지만 지금도 잊지 못할 느낌으로 남아있다.

부모님 묘소를 찾았다. 꽤 내렸던 겨울비에 흙무덤의 흙이 흘러내린 곳은 없는지 궁금했다. 아득해지려는 모정을 떠올려 보지만, 이 세상에서 가장 따뜻했고 포근했던 어머니의 젖무덤을 이제 다시는 영원히 애만질 길 없다. 온기 없는 차디찬 어머니의 흙무덤만 한동안 어루만지다가 찬 기운 짙게 밴 시골 언덕길을 상념에 젖은 채 되돌아 왔다.

생(生)과 인연 그리고 길

옛 직장동료 여식 결혼식에 다녀왔다. 그는 자녀 결혼 시키는 일이 생각보다 복잡했다고 속내를 털어놨다. 사주단자도 받았다고 하는 걸 보니 전통혼례절차에 꽤 충실했던 모양이다. 결혼할 때 사주단자四柱單子의 사주란 신랑의 태어난 년, 월, 일, 시를 말한다. 단자는 신랑 집에서 신부 집에 부조하는 물건의 품목이나 수량 등을 적은 종이를 가리키는 데, 가장 중요한 사주까지 적어 보내서 사주단자라고 한다.

어렸을 때 동네 나이 지긋한 아주머니 한 분이 마을잔치에서 술 한 잔 드시면 습관적으로 자신의 처지를 탄식하곤 하였다. 그 아주머니는 일찍 남편을 여의고 딸 둘과 아들 둘을 키우고 있었다. 그녀는 막걸리 한두 잔을 먹은 후 늘 하던 것처럼 민요 '한 오백 년'을 읊조렸다. 음의 고저장단, 박자, 리듬은 무시하고 구슬프게 소리 내어 흐느끼다가 신세타령을 반복했다. 몸을 가눌 수 없을 정도가 될 즘이면, 아들이 그녀를 데려가곤 하였다.

그 시절은 경제사정이 좋지 못했고 소득 수준이 형편없던 시절이었다. 잔치 분위기가 막바지에 이를 무렵이면 신세 한탄하는 어른들이 적지 않았다. 그때 '팔자'란 말이 많이 언급되었다. 그 '팔자'가 이 사주팔자四柱八字를 뜻한다. 사실 사주팔자를 믿어야 하는지 믿지 말아야 하는지 망설여진다.

주역을 연구하는 명리학에 따르면 사주팔자란 흔히 본인이 타고난 운명을 말한다. 이 사주팔자는 사람이 태어날 때 이미 정해졌다고 보면 된다. 사주란 본인이 태어난 연年, 월月, 일日, 시時를 말하고 사주를 갑자, 을축, 병인,

정묘 순으로 간지干支로 나타내면 여덟 자[팔자:八字]가 된다. 이를 팔자라 한다. 사주팔자는 오래된 일종의 동양철학이다. 어떤 경우는 맞다고 할 수도 있고 그렇지 않다고 할 수도 있다. 콕 집어 결론 내리기 어렵다.

사주의 주기는 60년이다. 사주팔자는 나이 60세가 넘어가면서 문제가 발생한다. 1살 때부터 적용하는 사주가 다시 시작된다는 점이다. 과거에는 60세 이상 살기가 어려웠다. 요즘은 그렇지 않다. 60세 이상의 연령층이 많아졌기 때문이다. 사주가 반복되어 두 번 인생을 살게 되는 현상이 나타나게 된 것이다. 대부분 은퇴를 하거나 경제활동을 접은 뒤라서, 적용을 한다 하더라도 그 의미가 퇴색할 거란 생각은 든다.

문제는 또 있다. 쌍둥이는 물론 우연찮게 생년 일시가 똑같은 사람들의 사주가 그것이다. 세상에는 연월일시가 똑같은 사람들이 많다. 그 사람들은 동일한 삶을 살지 않는다. 같은 사주를 갖고 태어나지만 완전히 다른 삶을 사는 경우가 허다하다.

사주팔자를 믿는 사람일지라도 사주팔자가 좋다고 우쭐댈 필요가 없고, 안 좋다고 기분 나쁘게 받아들일 필요도 없다. 인생이란 혼자 살아갈 수 없다. 가족, 친척, 친구 등 수많은 사람들이 서로 관계 형성을 하면서 얽히고 설킨 채 살아간다. 그 사람들의 사주도 다른 사람에게 영향을 미칠 수밖에 없다. 만약 사주가 안 좋더라도 얼마든지 노력하면 보완될 수 있다고 생각한다. 사람이 태어날 때부터 그 삶의 여정이 고정되어 있다면 얼마나 억울하고 답답한 일이겠는가.

　살다 보면 지나간 과거는 되돌아볼 수 있지만 미래는 알 수가 없다. 한 치 앞도 예측할 수 없다. 앞날을 모르다 보니 당연히 불안해할 수밖에 없다. 그렇다고 해서 사주팔자에 너무 집착하는 것 또한 좋지 않다고 본다. 그저 미래의 삶에 대한 가벼운 경계警戒쯤으로 삼으면 될 듯싶다.

철
지
난
부
채

어느 여름날 부모님이 장에 가시는 날이다. 소년은 다른 때보다 아침 일찍 일어나 여러 번 부채 사 오는 거 잊지 말라고 어머니께 당부를 드렸다. 무더운 여름날 가지고 다니면서 몸을 식힐 수 있는 도구는 부채가 최고였다. 그 부채가 며칠 전부터 헤지고 찢어져 너덜너덜해졌다. 마침 장날이라서 어머니가 부채를 사 와야 하는데 그렇지 않으면 다음 장날까지 또 5일을 기다려야 했다.

소년은 부채에 남다른 애착을 가지고 있었다. 세상에

태어나 처음으로 소년의 것이라고 소유할 수 있었고, 당당하게 이름까지 쓸 수 있었던 물건이 바로 부채였기 때문이다. 집에서는 각자 부채 하나씩은 가지고 있었다. 부채는 가지고 다니다가 잃어버리거나 망가지는 경우가 많았다. 부채를 관리하는 것이 여간 신경 쓰이는 게 아니었다. 흐르는 땀과 모기까지 기승을 부리는 여름에는 부채 없이 견디기 어렵다.

점심을 먹고 느티나무 밑에서 놀고 있으면서도 소년은 마을 버스정류장에 눈길이 쏠렸다. 버스는 하루에 서너 번밖에 다니지 않았다. 오후 2시경 버스가 정류장에 도착했고 장에 갔다 오는 어른들이 버스에서 내리기 시작했다. 부모님은 보이지 않았다. 늦는 모양이었다. 뒷산으로 소먹이러 갈 시간이 되었다. 소 풀 뜯기는 일을 게을리했다간 혼날 수가 있다. 다른 때보다 일찍 소를 몰고 집에 돌아와 보니 마침 부모님은 장에서 돌아와 계셨다. 만사 제치고 부채 사 왔냐고 물었지만 이를 잊어버렸다고 하니 기분은 안 좋았다. 계속 떼만 부릴 수 없는 노릇이었다. 어머니는 다음 장에는 무슨 일이 있어도 사오시겠다고 하셨다.

소년은 집에 있던 찢어진 부채에 밥풀로 문종이를 오려 붙였다. 문종이 쪼가리가 부채에 닥지닥지 붙여졌다. 군데군데 헤진 곳이 많았다. 영 볼품없게 되어버렸다. 부채질을 해도 시원함이 신통치 않았다. 소년은 그 낡은 부채로 또 버텨야 한다고 생각하니 괜스레 심통이 났지만 또다시 5일을 기다리는 것 외에는 별도리가 없었다. 장날이 아니면 생필품을 구할 수 없는 시절이었다.

하로동선夏爐冬扇이란 사자성어가 있다. 여름의 화로와 겨울의 부채라는 의미이다. 철에 맞지 않거나, 가치가 떨어진 물건 또는 아무런 쓸모가 없는 말이나 재주를 비유하여 이르는 말이다. 부채는 철이 지났다 해서 용처가 다한 것은 아니다. 겨울에도 아궁이나 화로의 불을 붙이는 데 요긴하게 부채를 사용하였다. 그러고 보면 그 사자성어의 의미도 바뀌어야 하는 건 아닌지 모르겠다.

어른이 되어서도 여름철이 지났건만 부채를 가까이 두고 있다. 부채를 보면 어린 시절 향수와 고향 집 추억이 되살아나는 듯해서 그러기도 하다. 가을, 겨울 그리고 봄철에도 곁에 둘 작정이다. 비록 날은 덥지 않더라도 마음을 다스릴 때 써보려는 것이다. 제갈공명은 화나는 일이 있을 때 부채질로 달랬고 감정을 드러낼 일이 있을 때에는 얼굴을 가리기 위해서 항상 부채를 가지고 다녔다고 한다. 제갈공명처럼 할 수는 없겠지만, 부채 하나 가졌다고 해서 나쁠 게 없지 않은가.

누가 술병을 깨트렸을까

길을 나서다가 길가에 깨진 채 나뒹굴고 있는 소주 병을 발견했다. 병목을 포함한 윗부분은 멀쩡했지만 아랫부분은 산산이 깨트려져 있었다. 누군가가 술을 마신 후 그 병목을 잡고 땅바닥을 힘껏 두드린 모양이었다. 어떤 분노, 불만, 억울함 또는 좌절감이 있었기에 그 술병을 깨트려 놓았는지 보기에도 섬짓하였다.

엊그제 밤늦게 이웃에서 남편인 듯한 사람이 술 주정을 부린 적이 있다. 그 사람 고성에 잠을 깼다. 시계를 보니 새벽 1시가 넘어 있었다. 술을 꽤 먹은 듯했다. 큰 소리로 떠들면서 주변을 배회하다가 집으로 들어가는 것이 보였다. 그 사람이 집에 들어가자마자 부인과 고성이 오갔다. 무언가를 내던져서 물건 깨트려지는 소리가 비명처럼 새어 나왔다. 부인도 화가 났는지 언성을 높였다. 다툼은 점점 심해져 갔고 간간이 부인의 앙칼진 목소리가 밤공기를 갈랐다. 그 다툼 때문에 한 가족의 행복이 깨트려졌고 한밤중의 고요함도 깨트려졌다. 그 소란 때문에 이웃들의 단잠까지 깨트려 버렸다.

무언가를 깨트린다는 것은 그 자체가 지닌 지위 또는 특성을 달라지게 하거나 훼손 내지 상실시키는 것을 의미한다. 어떤 상태, 분위기, 물건 등이 일단 깨트려지면 그것을 원래대로 회복시키기가 거의 불가능하다. 되돌리는데도 많은 시간과 노력을 필요로 하게 된다.

깨트린다는 것은 긍정적일 수도 있고 부정적일 수도 있다. 기존의 잘못된 질서나 관행을 깨트려서 좋은 방향으로 나아간다면 긍정적이라 할 수 있고, 온전한 무언가를 부숴버려 상태가 망가져 버린다면 부정적이라고 해야 할 것이다. 한번 깨트려짐으로써 씻을 수 없는 상처를 남기는 경우도 적지 않다. 깨트리는 사람의 입장에서는 고의적이든 우발적이든 사소한 행위에 불과할지 모르지만 깨트려지는 상황을 보거나 당한 사람에게는 두고두고 마음에 응어리지기도 한다.

어떤 물건이든 저절로 효용이 떨어지거나 멸실되지 않는 한, 사람들은 그것이 오랫동안 존재가치를 유지하도록 노력을 기울인다. 그 물건에 손때가 묻고 많은 사연을 간직하였다면 더욱 그렇다. 사람이 깨트리든, 동물이 깨트리든, 그런 물건이 깨트려진다면 낙담하지 않는 사람들은 드물 것이다.

시골에서 돼지를 키울 때의 일이다. 돼지는 코로 흙을 후벼 파거나 물건을 들어 올리는 힘이 대단했다. 돼지우리는 말뚝을 박아 세우고 적당한 크기의 통나무를 가로질러 못을 박거나 노끈으로 단단하게 묶어서 만들었다. 돼지가 작을 때는 괜찮았지만 덩치가 커가면서 코로 들어 올리는 힘도 세졌다. 그래서 매일 돼지우리를 손질해야 할 정도였다. 아무리 손질을 잘해도 돼지는 어느 틈

엔가 그 통나무 우리를 망가트리기 일쑤였다. 그러던 어느 날 우려했던 일이 터지고 말았다. 돼지가 통나무 우리를 부서뜨리고 뛰쳐나왔다. 탈출한 돼지는 마당을 돌아다니다가 장독대로 들어갔다. 장독대에 들어간 돼지는 급기야 어머니가 애지중지하던 항아리 서너 개를 깨트리고 말았다. 그때 어머니의 상심하고 놀란 모습이 지금도 눈에 선하다.

깨트린다는 것이 양면성을 지니는 경우도 있다. 채석장에서 석수가 돌을 깨트리는 것은 새로운 것을 만들기 위한 것이기도 하지만 자연을 손상하는 것이기도 하다. 새로운 것이 형성되고 기존의 것이 사라지는 것은 관점의 행위를 둘러싸고 평가가 달라지는 경우가 적지 않다. 자연보전이라는 측면에서 보았을 때 지금까지 깨트려온 역사는 좋다고 볼 수 없다.

무언가를 깨트리는 것은 쉽다. 그러나 그것을 복원시키는 것은 어렵다. 인류에게 있어서 거대한 깨트림은 전쟁이다. 전쟁은 피침국의 국민 정서, 인프라, 문화재 등을 참혹하게 깨트려 파괴한다. 그중에서도 문화재는 여러 이유로 상당수가 끔찍하게 파괴되었다. 수천 년간 전해 내려온 문화재가 하루아침에 깨트려져 지구상에서 사라지고 만 것이다.

원시 인류는 도구를 마련하고자 돌을 깨트려 석기를 만들었다. 그때부터 시작된 깨트림이 잘못된 길로 들어서서 재앙으로 변질된 경우도 많았다. 도구를 만들기 위하여 깨트렸던 행위가 사냥, 전쟁의 도구로 사용되었고, 환경을 깨트려서 여러 문제들을 야기하는 형국이 되었다.

간밤에 어느 누가 술을 먹고 그 소주 병을 깨트려 길가에 버렸는지 알 수는 없다. 그 사람이 실망감에 사로잡혀 그랬는지, 마음이 괴롭고 우울해서 그랬는지 알 수는 없지만 그 사람의 마음도 소주 병처럼 깨졌을 것이다.

현대의 귀거래사 (歸去來辭)

돌아가리
고향 들녘이 잡초로 뒤덮이려 하는데
어찌 아니 돌아가리
이제까지 마음을 육체의 노예로 삼아버렸으나
어찌 탄식하며 서러워만 하고 있으랴
지나간 일은 뉘우쳐 보아도 소용없는 일이거늘
새로운 삶에 매진해야 한다는 것을 알았네
잘못 들어선 인생길이지만 그리 오래된 것 아니니
(중략)

일부에서는 귀농을 장려하기도 한다. 성공사례가 매스컴에 많이 오르내리기도 한다. 하지만 시골에서 제대로 정착하기란 쉽지 않은 일이다. 특히 나이 먹은 상태에서 귀향이 아닌 귀농은 남다른 각오가 서 있지 않으면 고생하기 십상이다.

고향이라 해서 어릴 때 낭만과 감성이 넘쳐나리라고 생각하지만 세월이 흘러서 환경도 많이 변했다. 농사일은 그렇게 호락호락하지 않다. 거기에는 필연적으로 자기 자신만의 노동력이 뒷받침되지 않고서는 감당하기 힘들다.

10년 전쯤 인가 보다. 서울에서 명예퇴직을 한 50대 중반쯤 돼 보이는 분이 고향 앞마을에 상당한 규모의 논과 밭을 사서 시골생활을 시작했다. 경운기도 사고 두엄도 만들었다. 농사일을 꽤 열심히 했고 원래 살던 시골 사람들보다 일찍 일어나 일을 시작했고 열성이었다.

마음속으로 생각하기를 저 양반은 길어야 2년 정도라고 예상했다. 시골을 동경하는 사람들은 도시생활에 지친 나머지 전원에서 농사지으면서 여생을 보내겠다고 소박하거나 낭만으로 생각한다. 그러나 현실은 그렇지 않다. 기력이 쇠한 50대 후반인 사람에게 농사일은 힘들 수밖에 없다.

몇 년 뒤 그분은 2년도 못되어 경운기랑 논밭을 처분하고 서울로 다시 올라갔다. 그간에 농사 결과도 신통치 않았다. 경운기, 이앙기 등 기계화된 농기구라도 있어서 2년간이라도 버텼지, 예전 같았으면 쟁기질, 끌 쟁기질, 써레질, 도리깨질 등 수월한 게 하나도 없어서 한 달도 버티기 힘들었을 것이다.

고향에 대해 눈여겨볼 대목이 또 하나 있다. 한때의 현상이라고 여기고 싶지만 시골 땅값이 상당하다. 접근성이나 목이 좋은 곳은 부르는 게 값이다. 그런 데는 매물도 거의 없는 실정이다. 도연명 선생이 '귀거래' 해서 정착이 가능했던 이유는 시에도 나오지만 '머슴'도 있고 기존의 토지도 있었다.

도연명 선생이 살았던 그 시대와 달리, 나이가 들어서

하는 현대판 '귀거래사'는 이런저런 연유로 만만하게 여길 일이 아닐 성싶다. 어쩌면 '그대, 땅값이 올라서 다시는 고향에 못 가리'가 될지도 모르겠다.

청춘일 때는 단풍 들지 않는다

　외부 강사의 강의를 들을 기회가 있었다. 가을이라지만 초엽이라 쌀쌀하지는 않고 낮에는 좀 더운 편이었다. 아직 머플러를 해야 할 정도의 날씨는 아니었다. 그런데도 강사는 겨울용 두툼한 단풍 무늬 목도리를 매고 있었다. 어디 몸이 안좋거나 계절 감각이 없는 사람처럼 보였다. 바야흐로 단풍이 물들어가고 있는 시기라서, 다른 사람들의 의아한 시선을 무릅쓰고 일찍 가을 분위기를 연출하고 싶어서 그랬을 것이라고 생각했다. 얼굴은 크게 통통하지도 마르지도 않았다. 콧수염과 턱수염까지 기르고 있었는데 흰 털이 몇 개 섞여 있었다. 좀 독특한 사람이구나 하는 인상을 주었다.

강의가 시작되었다. 아나나 다를까 그는 자신의 복장에 대하여 그 이유를 설명했다.

"저도 한때 청춘 시절이 있었습니다. 그 청춘을 오래 간직하고 싶었지만 세월의 무게를 이길 수 없었습니다. 그러나 지금도 마음만은 청춘을 유지하려 애쓰고 있습니다. 그래서 인생의 가을이 시작되면 마음은 청춘을 지니되 외양은 가을의 나무처럼 멋있게 단풍 들고 싶었습니다. 그런데 사람이 어찌 단풍이 들겠습니까. 나무도 무언가를 보여주기 위해서 단풍 드는 것처럼 저도 단풍은 들지 못할망정 무언가를 보여줄 필요가 있다고 생각했습니다. 나무가 단풍이 들면 눈에 띄고 기억에 오래 남듯이 저도 그렇게 해 보기로 하였습니다. 더구나 저는 강의를 하는 강사로서 수강생들에게 기억될 필요가 있다고 생각했습니다."

연유를 듣고 보니 그 강사를 오래도록 기억할 것 같

왔다.

가을이 되면 형형색색으로 나무들은 단풍이 든다. 색 다른 겉모습을 갖게 된다. 단풍은 기온이 내려가서 잎에 있던 엽록소가 파괴되고, 그 안에 있던 카로티노이드, 안토시아닌 등의 색소가 겉으로 드러나게 돼서 생긴다. 기온의 변동에 따라 잎의 색소가 변하는 것이라고 단순하게 생각한다면 재미 없어진다.

세상 모든 이치가 물리학이나 생물학 등 과학으로 풀어질 것 같지만 그렇지 않은 것도 너무 많다. 가을이 되면 무슨 이유로 푸른잎이 빨간색으로 변하는지, 여러 학설이 있지만 아직도 명확하게 밝혀내지 못하고 있다고 한다.

스스로 모양을 변화시키고 있는 데에는 우리가 알지 못한 어떤 의미가 있을 것이다. 단풍은 다른 종류의 나무에게 자랑하는 것일 수도 있다. 단풍은 다른 생물의 눈에 띄게 하거나 기억 되게 하려는 최고의 몸단장 일 수도 있다. 단풍이 나무가 세상에 무언가를 전하려는 이야기 일 수도 있다.

나무가 푸른 청춘일 때는 단풍 색깔을 전혀 내보이지 않는다. 오로지 푸름만 뽐낼 뿐이다. 기온이 내려가고 찬 바람이 불기 시작하면서 나무는 비로소 그 색깔을 드러낸다. 내가 나무라면 가을이 되면 어떤 색깔을 가져야 하는지 생각해 본다. 계속 파랗게 남을 것인지, 울긋불긋 화려하게 물들어야 하는지, 이도 저도 아니고 그냥 단풍 들지 못하고 메말라 시들어 사라질지 말이다.

나이 들어서까지도 청춘을 간직한다면 그보다 더 좋은 일은 없겠지만 육체적인 가을은 필연적으로 찾아온다. 푸른 청춘 시절은 계속되지 않는다. 언젠가는 가을과 겨울을 맞이해야 하는 시기가 오기 마련이다. 단풍은 나무가 잎 틔우고, 꽃피우고, 열매 맺고, 낙엽 지는 여정을 거치면서 마지막에 보여주는 색깔이다. 그 여정이 치열했던 나무는 그 단풍 색깔이 밝고 다채롭고 아름다울 것이지만 그렇지 못할 경우에는 초라할 수밖에 없다. 어떤 경우는 가을도 되기 전에 이른 낙엽이 될 수도 있다.

단풍은 화려하나 요란하지 않다. 한철이지만 조급해하지 않는다. 붉어도 격정적이지 않다. 노랗더라도 시기하지 않는다. 말도 못 하고 움직이지도 못하는 나무이지만, 오늘도 나무들은 우리들에게 무언가를 전하려는 듯이 그들의 단풍 든 모습을 가식 없이 보여주고 있다.

고
추
잠
자
리

시리도록 푸른 하늘,
넘실대는 누런 들녘,
익어가는 과실,
선들한 바람,
산산홍황山山紅黃

멋진 풍경 때문에 눈이 어지러울 지경이다. 어지럽지
않다면 목석같은 사람일까. 몸 또한 가만히 있을 수 없
다. 저절로 발길이 움직여 몇 걸음 옮겨 본다. 다시 왔던

자리로 어찌 된 일인지 되돌아오게 된다. 마음마저 가을 철 단장을 하려는지 바쁘게 느껴진다.

고추잠자리가 맴을 돈다. 어지러운 모양이다. 가을 풍광의 현란함을 보고서 어지러워진 것이다. 찬란한 풍경이 갈피를 못 잡게 만드는 것이다. 풍성한 가을에 취한 것이다. 고추잠자리는 그렇게 방향을 못 잡고 빙빙 돌기만 한다.

고추잠자리가 하늘을 맴돌면서 가을이 왔다. 무더운 여름이 끝나간다. 하늘을 나는 고추잠자리를 보노라면 힘겨웠던 폭염을 폭격하여 패퇴시킨 후 의기양양하게 돌아온 폭격기 같다. 고추잠자리가 휘휘 거리며 지나간 하늘은 더욱 에메랄드 빛으로 드높아진다.

고추잠자리는 안절부절못하고 자주 맴을 돈다. 가을 하늘을 높이 날면서 무언가를 목격한 듯하다. 온 힘을 다하여 무언가를 멀리 보려 애쓰는 것 같다. 그래서 그런지 인간이 볼 수 없는 무언가를 보았음이 틀림없다.

아마도 가을 너머를 본 것이다. 가을의 풍요는 한 철이다. 가을 수확이 잘 돼야 겨울나기가 수월하다. 서리는 내리려 하고 가을바람은 나날이 차가워진다. 저 멀리 겨울철이 오고 있다. 고추잠자리는 그것을 알아차렸다. 오늘도 고추잠자리는 가을날을 조바심하면서 하늘을 휘휘 맴돌고 있다. 가을 햇살은 하릴없이 쏟아진다.

인연이란 무엇인가

어느 산을 지나다 바위산 꼭대기에 풍우상설風雨霜雪을 견디면서 의연하게 서 있는 소나무를 보았다. 그 소나무는 무언가의 힘이 작용해서 그곳에 터를 잡았을 것이지만 그 연유를 알 수가 없다. 식물학자들은 환경이 맞아 그럴 거라고 할지 모른다. 여건이 좋은 곳도 많은데 굳이 그 단단하고 척박한 바위 봉우리에 소나무가 자라고 있었으니 경외감을 불러일으키기에 충분했다. 그 소나무가 자리 잡기까지는 분명 보이지 않는 어떤 연관성이 작용하지 않았을까.

어떤 때 사람들은 문득 어딘가로 돌아가고픈 생각을 하게 될 때가 있다. 설날이나 추석이 돌아오면 그런 생각이 강해진다. 명절에는 많은 사람들이 더욱 분주하게 고향이나 어딘가로 향한다. 그 사람들은 인연을 맺은 곳이나 사람을 찾아갈 것이다. 절해고도에 홀로 사는 사람일지라도 애초에는 인연 속에 살았으리라.

지나다 생면부지의 사람들 중에 낯익은 느낌이 드는 사람이 있는가 하면, TV를 보다 호감이 가는 출연자가 있는 경우가 있다. 또한, 타인으로부터 누구누구와 닮은 것 같다든지, 어디서 많이 본 것 같다는 말을 들을 때 우리는 그저 그런가 보다 생각하며 살아간다.

원소 중에서 결합이 잘 되는 원소가 있고 거의 화학 반응이 일어나지 않는 원소가 있다. 음식도 상극이 있다. 같이 요리해서 먹을 경우 혹은 약으로 쓸 경우 맛이 좋아지거나 효과가 높아지는 상호 관계가 있고 그렇지 않은 관계가 있다. 우주에도 서로 당기고 밀어내는 인력과 척력이 있다. 전극에서도 같은 극은 결코 같이할 수 없고 자석도 동일한 N극이나 S극끼리는 서로 밀어내는 원리도 여기에 해당한다고 하겠다. 이런 성질을 바탕으로 물질 세계가 존재하고 우리 몸도 그런 산물이다. 이런 현상들을 우리 인간사로 돌려보면 인연이라고 봐야 할 듯하다.

　살다 보면 여러 사람들을 매일 만난다. 오늘도 지하철에서, 버스에서, 길거리에서 또는 행사장 등에서 수많은 뭇사람들과 조우하고 있다. 하지만 그 많고 많은 사람들 중에서 아는 사람은 별로 없다. 바람처럼 스치듯 지나가는 사람, 그나마 어디서 본 듯한데 이름을 모르는 사람, 가뭄에 콩 나듯이 자주 못 만난 사람도 있다.

　과연 인연의 정체는 무엇일까. 그것은 사람끼리 또는 인간과 상황, 일 또는 다른 사물 간에 어떤 힘이 작용해 형성된 관계라 해야 할 것이다. 그 힘은 아무도 알 수가 없다. 과학적으로 밝히기도 어려울 것이다. 대저 그 보이지 않는 연결고리에 대해 생각하면 할수록 고개만 갸우뚱해질 뿐이다. 그러기에 주변의 사람뿐만 아니라 동물, 나무, 심지어 장소까지도 모두 서로 연관이 있다고 볼 수밖에 없다. 그 관계의 힘이 세고 약함에 따라 연결고리 내지 결합의 세기는 다를 것이다.

사람 관계로 돌아와서 다시 살펴보더라도 어떤 힘이 작용해서 그 학교, 회사, 단체에 가게 되었는지, 어찌하여 집사람을 만나 살고 있는지, 왜 고향을 떠나서 지금 이곳에 살고 있는지 등등 생각하면 생각할수록 묘할 따름이다. 인연은 한번 맺으면 그 연결고리가 영원히 존재한다고 봐야 할 것이다. 그것이 좋은 방향으로 작용하면 좋은 인연이요 나쁘면 악연이 될 것이다. 처음에는 선연善然이었다 할지라도 시간이 지나면서 서로 반대되는 생각이나 의도를 가지면 악연으로 변할 수 있다.

어떤 이는 크게 맘 상한 일 때문에 세상 또는 특정인과 인연을 끊는다고 하지만 그 인연이라는 것이 쉽게 단절하고말고 하는 그런 것이 아닌 듯하다. 어쩌면 인연이라는 것은 동아줄보다도 수억만 배 이상 질긴 것이라 그 강도를 논한다는 것 자체가 부질없는 일일지도 모른다. 그래서 이 세상에서 인연이 다할 때까지는 악연도 인연이다. 어쩔 수 없이 악연으로 같이 살아가야 한다면 불행한 일이다. 서로 인연을 맺기도 어려운 물질 세상에서 그리 길지도 않은 우리의 삶이 상호 순기능을 발휘할 수 있도록 선연을 쌓는데 애쓸 필요가 있다.

한편으로 명예가 없다고 혹은 재물이 모이지 않는다고 한탄할 필요는 없다. 서로 보이지 않는 연결의 힘이 미치지 않아서, 다시 말해 인연이 닿지 않아서 그럴 것이다. 최선의 노력을 후회 없이 경주하면 언젠가는 바라는 바에 이르게 되지 않을까. 지금은 그 인연이 조금 떨어진 곳에 있을 뿐이다. 이런 마음을 갖고 살아야 세상살이가 덜 힘들 듯하다.

그 보이지 않게 끌어당기는 힘, 아니 좋은 쪽으로 인연의 힘을 어떻게 키워야 할지를 생각하던 차에, 인연 맺은 곳으로 길을 나서는 사람들을 보면서, 별안간 인연이라는 것이 무엇인지 그 정체가 머릿속을 마구 헤집어 놓는다.

모든 길은 끝이 있다

　하늘의 푸른빛은 짙어졌지만 산야의 푸른빛은 옅어져
만 간다. 성급한 낙엽 한두 개가 길가에 나뒹굴고 있다.
단풍이 들고 낙엽이 쌓인 길을 걸으려면 조금 더 기다려
야 한다. 철 놓친 매미 울음소리는 여름보다 확연하게 힘
을 잃었다. 조석 녘으로 선선한 기운이 완연하다. 길섶
풀 속에서 청량하게 들리는 뭇 벌레들도 계절이 바뀐다
고 앞다투어 알리려는 듯 야단스럽게 울어댄다.

　계절이 바뀌는 것은 한 해에 네 번이지만 유독 가을로

들어서는 때에 생에 대한 의미를 유별스레 느끼게 된다. 지나온 계절이 한두 해가 아니라서 계절의 변화에 이제는 면역성이 생길 법도 한데 그렇지 않은 듯하다. 오히려 한 철이 가고 또 한 철이 올 때마다 그 변화를 느끼는 감정이 더 강하게 밀려든다. 그 연유가 가고 싶었던 길을 가지 못했던 회한悔恨 때문인지, 아니면 지금껏 걸어온 길에서 비롯된 많은 미련 때문인지, 그것도 아니라면 앞으로 가야 할 길에 대한 여한餘恨 때문인지 계절의 길목에서 또다시 서성이게 된다.

사람들은 살면서 두 가지 길을 가고 있다 하겠다. 우선, 거리距離의 길을 들 수 있다. 거리의 길은 눈에 보이는 길이다. 걸어갈 수 있다. 차량을 이용할 수 있다. 예정 시간을 단축할 수도 있다. 대표적인 거리의 길이라면 예나 지금이나 서울 가는 길이다. 예전 한양 길은 길게 잡아서 한 달 가량 걸렸다고 한다. 지금은 짧게 잡을 경우 한두 시간이면 갈 수 있다. 한 달 가량 걸렸던 서울 길을 엄청나게 줄였으면서도 오늘날 사람들은 시간에 쫓기듯 살아가고 있다. 한 달이 30일이라면 29일 이상을 단축했는데도 어찌 된 일인지 여유 없이 바쁘게만 살아가고 있는 모양새다.

다른 하나는 시간時間의 길인데 바로 인생길이다. 이 길은 눈에 보이지 않는 길이다. 사람마다 다르다. 누구나 한 번만 갈 수 있는 길이다. 왕복이 안 되는 길이다. 처한 상황에 따라서 힘든 길일 수 있고 그렇지 않을 수도 있다. 여러 가지 요인들이 크게 작용하기 때문이다. 인생길은 가기 싫어도 가야 하고 멈출 수도 없다. 즐거워도 가야 하고 괴로워도 가야 한다. 죽을 때까지 가야한다. 인생길을 가다가 어쩌다 길가에 있는 선술집에 목이라도 축이려고 잠깐 들렀는데도 일행은 이미 저만치 앞서가버린다. 술이라도 취해버리면 동료는 한참을 앞서가버려서 보이지도 않게 된다.

서울 길은 갈 방향을 알려주는 이정표가 있다. 길마다 규정된 속도가 있으며 그 속도를 넘어서면 제재가 뒤따른다. 이용수단과 방법이 다양하며 그것을 선택해서 갈 수 있다. 구체적으로 계획을 세워서 갈 수도 있다. 이 길은 도로 관련 법만 잘 지키면 크게 비난받지 않는다.

인생길은 이정표가 없다. 제대로 가고 있는지 그 방향마저 알 수가 없다. 빨리 가고 있는지, 늦게 가고 있는지 도통 알아차릴 수도 없다. 다른 사람이 간 길을 참고할 수는 있다. 선택한다고 해서 그대로 되는 경우는 드물다. 이 길은 똑같지 않으며 타인에게 크고 작은 영향을 끼치는 경우가 많다. 남이 부러워하는 길을 간 사람이 있는가 하면 그렇지 않은 길을 간 사람도 있다. 이 길을 간 사람들은 다시는 돌아오지 못했다. 인생길은 개개인마다 주어진 길이라서 타인에게 피해를 주면 안 된다. 돌아올 수 없기 때문에 피해를 받은 사람은 배상을 받을 기회조차 없게 된다.

서울 길이든 인생길이든 순탄하다고 생각하는 사람은 많지 않을 것이다. 두 길 모두 고갯길이 있을 수 있고, 오르막이나 내리막길이 있을 수 있다. 꽃이 만발한 아름다운 길일 수 있고, 사막처럼 뙤약볕이 내리쬐는 무더운 길일 수 있다. 장맛비에 질퍽거리는 수렁 길일 수 있고 햇빛이 찬란하게 비치는 상쾌한 길일 수 있다. 소슬바람에 낙엽이 나뒹구는 쓸쓸한 길이 있을 수 있고, 눈보라가 몰아쳐 눈 쌓인 추운 길이 있을 수 있다. 잘 닦여져 있는 길이

거나 그렇지 않은 길일 수 있다.

어두울 때 길을 나섰거나 어두운 길을 가고 있는 사람은 가는 도중에 멈추면 안 된다. 밝은 곳으로 빨리 나오려면 쉬지 말고 걸어야 어둠에서 빠져나올 수 있다. 도중에 주저앉아버린다면 그 순간부터 어둠에 휩싸이게 되거나 영원히 어둠 속에 갇혀 버릴 수 있다. 밝을 때 길을 나섰거나 대낮에 길을 가는 사람일지라도 시간을 허비해서는 안 된다. 밝은 낮이라도 시간이 가면 저물 것이고, 어둠은 소리 없이 스멀스멀 다가온다는 것을 잊어서는 안 된다.

어떤 경우는 이미 만들어진 길만 따라서 온 사람이 있고, 어떤 경우는 자신이 길을 만들면서 온 사람이 있다. 어느 경우가 좋은 것인지 가려보기도 쉽지 않은 듯하다. 분명 길은 어디론가 향하기 위한, 통하기 위한, 연결하기 위한 것임에는 틀림이 없다. 길 자체가 중요한 것인지 아니면 길을 가는 사람 자체가 중요한 것인 지를 따져보는 것 또한 어렵기는 매한가지인 것 같다.

길을 가다 보면 힘이 들어 포기하고 싶을 때가 있다.

그때는 잠시 휴식을 취하거나 다른 길로 가보는 것도 괜찮다. 길은 많고도 많다. 도회지길, 시골길, 오솔길 등 가고 싶은 길을 가면 된다. 현재의 길만 고집할 필요가 없다. 길을 잘못 들어 길이 안 보일 경우라도 뒤로 돌아서 다른 길을 찾으면 된다. 조금만 힘을 내서 살펴보면, 너무나 많고 많은 길이 있고 동행하면서 갈 수도 있다.

길을 가는 것은 기록 경주가 아니다. 남보다 빨리 갔다고 해서 상을 받지 않으며, 늦었다고 벌을 받지도 않는다. 종착지에 다다랐을 때 환영 인파가 나와서 반기거나 박수를 쳐주지도 않는다. 큰 탈 없이 길을 가려면 오로지 성실하고 겸손해야 하는 것은 물론이고, 조급해하지 말고 끈기와 관대한 마음을 지녀야 한다.

지금까지 많은 사람들이 길에 관해서 나름대로의 생각을 피력하였다. 어떤 이는 시로써, 어떤 이는 수필로써, 어떤 이는 소설 등으로써 그렇게 하였다. 그렇지만 어느 길이 수월했는지는 수렴하지 못했다. 각자의 길이 너무나 다양했기 때문이다. 그만큼 길을 얘기한다는 것이 쉬운 거 같으면서도 어렵다는 방증이다.

새삼스럽게 길을 화제 삼으려는 특별한 이유는 없다. 미국의 시인 로버트 프로스트처럼 창밖 길을 보면서 저 유명한 '가지 않은 길The road not taken'같은 시를 짓기 위해서도 아니다. 다름 아니라 길을 가는 사람들로부터 유형 무형의 영향을 받으며 살아가고 있고, 길을 가지 않고서는 낙오되어 고생스러울 수밖에 없다는 생각이 계절이 바뀌는 이 시기에 거세게 떠올랐기 때문이다.

어느샌가 산길이나 들길이나 골목길 등을 걸을 때, 자주 다녔던 길로 가지 않으려는 습관이 생겼다. 똑같은 길로 가다 보면 마음이 단조로워지고 새로움이 없을 수도 있어서다. 불현듯 사람들이 다니는 길은 본디 여러 갈래라는 점을 느껴 보고 싶었기 때문이기도 하다.

사람들은 오늘도 어딘가를 향해 아스라이 뻗어 있는 길을 따라 부지런히 발길을 서둔다. 남녀노소, 빈부귀천, 지위 고하를 막론하고 모두 길을 가고 있다. 어차피 가야 할 길이라면 허세와 지나친 욕심을 경계하면서, 각자의 업業에 최선을 다하면서, 삶의 가치를 소중하게 여기면서 갈 일이다.

어떤 이는 하나의 길의 끝은 또 다른 길의 시작이라고 하면서 길은 무한하다고 한다. 하지만 아무리 멀고도 먼 여행일지라도, 아무리 길고도 긴 길일지라도 끝이 없을 듯하지만 언젠가는 끝을 보게 된다. 게다가 정처 없이 가는 나그네일지라도 기력이 다하면 그 목적지 없는 길도 멈추게 된다. 모든 길은 끝이 있다. 그 끝에 이르렀을 때 지름길로 왔거나 멀리 돌아서 왔든 간에, 편한 길을 왔거나 험한 길을 왔든 간에, 목적이 있는 길을 왔거나 방랑의 길을 왔든 간에 동물처럼 본능에 의존하는 것이 아니라 그것을 넘어서서 인간으로서의 진정한 '생生의 의미'를 찾았다고 할 수 있어야 제대로 된 길을 왔다고 할 수 있지 않을까.

청춘일 때는 단풍 들지 않는다

초판 1쇄 발행	2019년 11월 20일
초판 2쇄 발행	2020년 04월 20일

지은이	권우열
펴낸이	김왕기
디자인	푸른영토 디자인실

펴낸곳	**푸른문학**
주소	경기도 고양시 일산동구 장항동 865, A동 908호
전화	(대표)031-925-2327 팩스	031-925-2328
등록번호	제2005-24호(2005년 4월 15일)
홈페이지	www.blueterritory.com
전자우편	designkwk@me.com

ISBN 979-11-968684-0-6 03810
ⓒ권우열, 2019